江戸裏御用帖

浪人・岩城藤次（一）

角川文庫
18302

目次

序章

高月《たかつき》藩《はん》芦野《あしの》家七万石の城下。書院藩士工藤《くどう》周一郎《しゅういちろう》の屋敷に来客があった。大番頭の右田《みぎた》十郎兵衛《じゅうろべえ》の娘友江《ともえ》である。周一郎が玄関に出て行くと、友江は御高祖頭巾《おこそずきん》をはずした。

「夜分、申し訳ございません。どうしても工藤さまにお願いしたいことがございまして、失礼を顧みずにお邪魔しました」

「さあ、どうぞお上がりください」

困惑しながら、すぐに客間に通した。

いったん奥に戻り、妻に友江が来たことを告げて、周一郎は客間に向かった。

「ご無沙汰《ぶさた》しております」

友江は改めて挨拶《あいさつ》をした。

「お久しゅうござる」

何年振りか。周一郎は眩《まぶ》しげに友江の痩《や》せた顔を見た。哀しみの色をたたえた目に出合い、周一郎は胸が裂けそうになった。身もほっそりとして、細い肩先からも寂しさが見てとれた。美しい顔に色濃く滲《にじ》む不幸の影はかえって女の色香を醸しだしているようだった。友江は二十三歳になるはずだった。

「願いとはなんでございますか」

周一郎は促した。

「江戸に行きましたら、どうか、左源太《さげんた》さまを探し出していただけないでしょうか」

「左源太を？」

友江は五年前に脱藩して行方を晦《くら》ましている小谷《こたに》左源太の許嫁《いいなずけ》だった。突然許嫁を失った友江がいまだに悲嘆に暮れる日々を送っていることを知った。嫁がないでいたのは、左源太のことが忘れられなかったのだろう。

「しかし、左源太が江戸にいるかどうか」

「去年、江戸で左源太さまを見たお方がいらっしゃったとお伺いしました」

「確かに。なれど、ひと違いだったかもしれません」

「どうしても、左源太さまに私の気持ちをお伝えしたいのです。どうか、左源太さまを」

友江は身を震わせて訴えた。

「わかりました。私も左源太には会いたい。探しましょうぞ」

周一郎も左源太は江戸にいるような気がしていた。

左源太は直心影流の皆伝の腕前である。十七歳のときには、すでに当時の剣術指南役だった師と互角に渡り合うほどだった。その腕を見込まれて殿の小姓頭になった。いずれ、藩の剣術指南役に登用されることが決まっていた。

そんな左源太がいまは藩を抜けて、行方知れずになっていた。剣術指南役の座も許嫁の友江も捨てて出奔したわけは、周一郎にもわからなかった。

怒り狂った殿は左源太を討つために刺客を送った。だが、腕利きの暗殺集団はことごとく返り討ちにあっていた。最近、刺客を送らなくなったのは、藩には左源太を打ち負かすことの出来る侍がいなくなったからであり、決して殿の怒りがなくなったわけではない。

「して、左源太に伝えたいこととは？」

周一郎は改めてきいた。

「じつは、縁談を勧められています。なんとか延ばしているところですが……」

友江はつらそうに言った。心に染まぬ縁談だということは、悲しげな表情でわかった。

周一郎は友江の気持ちを聞き、左源太に必ず伝えると約束した。

それからしばらくして、周一郎は殿の参勤のお供で江戸に出立した。

第一章　牢入り

一

一年後の江戸。西陽が東堀留川の川面《かわも》を紅く染めている。二月上旬の夕暮れ時である。足早に親父橋を渡って行った仕事帰りの職人ふうの男が足を止めた。岡持をもっている出前持ちも騒ぎに気づいたようだ。

橋の東詰にある居酒屋『ひさご屋』の前に人だかりがしていた。

南町奉行所定町廻《まわ》り同心の稲瀬《いなせ》新之助《しんのすけ》はなすすべもなく二階を見上げている。ときどき、怒声とともに女の悲鳴も聞こえた。

「亀吉《かめきち》。女を放せ」

新之助が声を張り上げた。色白の端整な顔だちに焦りの色が浮かんでいる。亀吉と名乗る遊び人ふうの男が女中の喉元《のどもと》に匕首《あいくち》を突きつけている。三十過ぎの小顔の男だ。

眉《まゆ》が太く、目はややつり上がっている。

「うるせえ。この女を殺して、俺も死ぬ」

亀吉がわめいた。

「ばかな真似はやめろ」

新之助が一歩踏み出した。すると、男はさらに女を自分の方に引き寄せた。

「待て。何が狙いだ。言ってみろ」

今夜は横山町に住む後家の家に呼ばれているのだ。先日、ちょっとした事件を解決してやった礼ということだった。小金を持っているいい女とくれば、断る理由はない。

そこに向かう途中で出くわしたのが、この騒動だ。無銭飲食の男が女中を人質に二階の小部屋にたてこもったのである。

つまらない事件に巻き込まれた不運を嘆き、後家との楽しみを奪われたことに激しい憤りを覚えた。

だが、腹を立てているばかりではいられない。四半刻《とき》（三十分）以上は経っている。人質の身を考えたら、これ以上長引かせるわけにはいかない。

このまま無為に時間が過ぎていけば、稲瀬新之助はなにも出来ずに突っ立っていただけだと批判を浴びかねない。だが、強引に乗り込んで人質に怪我をさせたら、それこそ一大事だ。

酒の支度をして待っているだろう後家の顔が脳裏を掠《かす》める。ちっくしょう。とんでもない奴だ。俺の楽しみを奪いやがって。

地団駄を踏んだとき、照り降り横町から親父橋を渡って来る浪人が目の端に入った。ちょうどよいところに来やがったと、新之助はほっとした。

よれよれの着流しの裾《すそ》を翻し、姿勢のよい姿で歩いて来る。背が高くて痩せているように見えるが、肩幅は広く胸板も厚い。濃い眉に、鋭く尖《とが》った鼻。真一文字に結んだ口元は確固たる信念を持っていることを窺《うかが》わせる。精悍《せいかん》な顔つきだが、目元は涼しい。浪人ぐらしをしていても、荒《すさ》んだ雰囲気はない。

岩城藤次《いわきとうじ》、二十八歳。新之助と同い年だ。金貸しの『大蔵屋《おおくらや》』が闇の五郎《ごろう》という十人組の盗賊に襲われたとき、用心棒をしていた藤次がひとりで賊を退治した。そのとき、新之助は藤次という男を知ったのだ。

橋を渡って藤次はこっちに近づいて来る。藤次の住まいはこの先の難波《なにわ》町裏河岸だったはずだ。

藤次は目の前の人だかりに足を止めた。

「おい、藤次をここに連れて来い」

新之助は手札を与えている儀八《ぎはち》に命じた。

「へい」

儀八が飛んで行く。三十五歳になる強面《こわもて》の男だ。盛り場で喧嘩《けんか》に明け暮れていた乱暴者だったのを、新之助が手下にした。

二階ではまだ亀吉が騒いでいる。

野次馬の間を縫って、儀八が藤次を連れて来た。同じような背格好のふたりだが、月代《さかやき》ものび、垢《あか》にまみれた衣服の藤次と違い、新之助は髪は小銀杏《こいちょう》に結い、竜紋の裏のついた三つ紋付きの黒羽織を着て、格子の着物の着流しに博多《はかた》帯《おび》、紺足袋《こんたび》の雪駄《せった》履きという颯爽《さっそう》とした姿である。

「あれを見ろ」

新之助は顎《あご》で示した。

藤次は二階を見上げた。手すりから身を乗り出すようにして、女中を抱えながら亀吉が意味不明のことをわめいていた。

「見てのとおりだ。無頼漢が女を人質にとって騒いでいる。男は亀吉と名乗っている。女はこの料理屋の女中だ。亀吉はきょうがはじめての客らしい。夕方の口開けから酒を呑《の》みはじめ、いざ勘定という段になったら急に女中の手を摑《つか》んで二階に連れて行ったってことだ。そろそろ半刻（一時間）になる」

「……」

「なんとかならぬか」

藤次はまた二階に目をやった。相変わらず、亀吉は女の喉元に匕首を突きつけていた。

新之助は色白の顔を藤次に向けた。藤次は浅黒く精悍な顔でじっと二階を見つめていた。

やがて、藤次は顔を新之助に向けた。

「あんたの役目だ」

「なんだと」

新之助はかっとなった。

「女が可哀そうだとは思わないのか」

「あの男、女を本気でやるつもりはない。男に殺気がない」

「なに？」

新之助は目を凝らして二階を見た。だが、よくわからない。

「それから女の左手を見ろ。男の腕にすがっている。女は怖がっていない。どうする？」

藤次は顔色を変えずにきいた。

「どうする？」

「俺が乗り込むのか。あんたがやるのか」

藤次は冷たい目で言った。

藤次の見方が間違っていたら、たいへんなことになる。しかし、その通りだとしたら……。

「では、いい。俺が行って来る」

迷っていると、藤次が店の土間に向かおうとした。

もし、人質に危害が加えられたら、すべてを藤次の責任にすればいい。しかし、藤次が言うように、本気で人質に危害を加える気がないとしたら……。

「待て」

新之助は呼び止めた。

「俺が行く」

藤次を引き止め、新之助は二階を見上げた。

「亀吉。聞け」

と、叫んだ。

「これから俺がひとりでそこに上がる。さしで話を聞こう。刀も十手も置いて行く」

亀吉だけにでなく、野次馬にも聞こえるように大声を出した。

新之助は腰の大小と懐の十手を儀八に預け、ひとりで呑み屋に入って行った。客はひとりもいない。店の者がおろおろしているだけだ。

梯子段《はしごだん》の途中で、儀八の手下が二階の様子を窺っていた。

「あっ、旦那《だんな》」

「亀吉とさしで話す」

「でも、だいじょうぶですかえ」

丸腰なのを気にしたようだ。

「なあに、心配いらねえ」

新之助は梯子段を静かに上がり、小部屋の前に立った。障子は開けっ放しだ。

「亀吉。稲瀬新之助だ。入るぞ」

声をかけた。

人質を背後から抱き抱え、喉元《のどもと》に匕首《あいくち》を突きつけ、

「止まれ」

と、亀吉は叫んだ。

新之助は敷居の前で足を止めた。

「亀吉。そのひとを放してやるんだ」

刺激しないように穏やかに言う。

亀吉は三十過ぎ、細身の男だ。ややつり上がりぎみの目は暗く、鼻の形や頬から顎にかけての線はまるで彫ったような鋭さだ。

「要求はなんだ?」

新之助は相手を刺激しないようにきいた。

「十両だ」

「十両?」

「そうだ。十両と引き換えに、この女を解き放す」

亀吉はすごんだ。

「亀吉。十両奪ったら、軽くて遠島だ。いまなら、罪も軽くてすむ。俺が口添えする。さあ、早く、そのひとを放せ」

「だめだ。十両だ」

「十両を手にしたところでここから逃げられぬ。この一帯はすでに捕り方が包囲をしている」

新之助ははったりを利かせた。

亀吉が動揺したようだ。亀吉の力が抜けたのを感じ取ったのか、女がいきなり亀吉の腕の中から抜け出た。

あっと、亀吉が声を上げた。

その隙を逃さず、新之助は亀吉に飛び掛かった。たちまち、亀吉の腕をとり、匕首を取り上げた。

逃げた女は梯子段を駆け下りて行った。

代わって、儀八と手下が駆け上がって来た。

「儀八。縄をかけろ」

新之助は儀八に亀吉を預けた。

世話をかけやがって。おかげで後家のところに行きそびれたと、新之助はいまいましげに亀吉を睨《にら》み付けた。

騒動が治まったのを確かめてから、藤次はその場を離れた。

葭町《よしちょう》を通り、途中右に折れ、竈《へっつい》河岸をそのまま東に向かい、浜町堀の手前の難波町裏河岸に出た。

小商いの店が並ぶ通りの途中、八百屋と荒物屋の間に路地木戸が現れる。長兵衛店《ちょうべえだな》の、藤次は一番奥の家に向かった。

腰高障子を開ける。

「今、帰った」

「父上、お帰りなさいませ」

六歳の俊太郎《しゅんたろう》が上がり框《かまち》に迎えに出た。

「うむ」

「お帰りなさい」

隣に住むお京《きょう》が俊太郎の横で頭を下げた。色白のおとなしそうな感じだが、見掛けによらずてきぱきとしている。

「お京さん。いつもかたじけない」

「いえ」

藤次は仕事の都合により、帰りが夜遅かったり、場合によっては明け方になることもあった。そのとき、いつもお京が俊太郎の面倒を見てくれている。

お京が立ち上がって台所に行く。そして、水の入った桶《おけ》を持って来てくれた。

「すまない」

藤次は足を濯《すす》ぎ、部屋に上がった。

「夕飯の支度が出来ています」

お京は二十四歳で、三年前に母親が亡くなってからひとり暮らしだ。仕立ての仕事をして生計を立てている。

半年前に引っ越して来た藤次と俊太郎になにかと世話を焼いてくれる。もっとも、見るに見かねてのことだったらしい。

「俊太郎。きょうはどうであったな」

ご飯を食べ終えたあと、藤次はきいた。

「はい。師が筋がいいと褒めてくださいました」

「そうか」

藤次は目を細めた。

藤次が仕官していた高月藩では六歳から手習いをはじめ、四書五経の素読や礼儀作法、武術などの教授もはじめる。

俊太郎も六歳になった今年の正月から学問をはじめた。著名な陽明学者の弟子である山野井玄番《やまのいげんば》という学者が隣の高砂町《たかさごちょう》の自宅で素読指導の私塾を開いており、俊太郎を入塾させたのだ。

毎日朝五つ（午前八時）から九つ（午後零時）まで講義を受けてくる。午後には、長谷川町《はせがわちょう》にある手習いの稽古場《けいこば》にも通っている。

きょうは藤次の帰りが遅かったが、ふだんは夕方には堀端にある稲荷《いなり》社の裏手で、藤次が自ら剣術の稽古をつけている。

夕餉《ゆうげ》のあと、行灯《あんどん》のそばで書物を開いていた俊太郎がうつらうつらしだした。

「お疲れになったのでしょう」

お京が真顔で言ってから、

「少し、忙しすぎませんか」

と、藤次の顔を見た。

「これくらいで音を上げてはならぬ」

藤次は厳しく言った。

「そうでしょうか」

お京は少し不満そうだった。

もっと何か言うかと思ったが、お京は帰り支度をした。

「それでは私はこれで」

「いつも、かたじけない」

藤次は座ったまま腰を折った。


三日後の朝、お京が朝餉の支度をして引き上げてから、藤次は俊太郎とふたりで飯を食べだした。

長屋の連中の手前もあって、お京はいっしょに食事をすることを遠慮している。

食べ終えてしばらくすると、腰高障子が開いた。お京が片付けに来てくれたのかと思ったら違った。

「いるか」

馴《な》れ馴れしく入って来たのは、同心の稲瀬新之助だった。

「何か用か」

藤次は不機嫌そうにきいた。

「そんな顔をするな。ほれ、これ」

一分金を無造作に出した。

「なんだ?」

「あのときの謝礼だ」

新之助は含み笑いをし、

「事件の夜のうちに大番屋に連行し取り調べ、次の日には入牢《じゅろう》証文をとって、小伝馬町に送った。あんたのおかげで無事解決出来たのだ。とっておけ」

浪人の身の藤次には喉《のど》から手が出るほどに欲しい銭だ。

だが、口入れ屋に行けば、仕事を世話してもらえる。それで、糊口《ここう》をしのぐことは出来る。俊太郎の学問に金はかかるが、たまには実入りのよい用心棒の仕事もある。だから、ただ助言してやっただけで金をもらうつもりはない。

「あれしきのことでもらうわけにはいかぬ」

藤次は突き放すように言う。

「そう言うな。おかげで俺は上役からおほめに与《あずか》った。遠慮せず、とっておけ」

八丁堀の定町廻《まわ》り同心は商家や武家屋敷からも相当な付け届けをもらっているのだ。ことに、この同心には相当な実入りがあるようだ。

金に飽かせて、こっちをこきつかう根性がいやだった。そんな人間から金をもらうのにも抵抗がある。

「それより、亀吉の目的はなんだったのだ？」

藤次は話をそらすようにきいた。

「最初は無銭飲食。最後は、人質の解放と引き換えに十両を要求した。つまらねえことがきっかけだ。だが、あんたの助言がなければ、どうなっていたかわからない」

新之助は吐息混じりに言った。

「妙だ」

藤次は小首を傾げた。

「なにがだ？」

「あの男、下から見上げただけだが、ただ者ではない眼光の鋭さがあった。度胸が据わっている。あんなちっぽけなことをするような人間には思えない」

「どういうことだ？」

「わからないが、何か魂胆があるように思える」

「魂胆だと？」

新之助は眉根《まゆね》を寄せた。

「どうして、ちょっと見ただけでそんなことがわかるのだ？」

「うむ。うまく説明するのは難しいが」

藤次は困惑した。

「人相見までするのか」

新之助はからかうように言った。

「大番屋での態度はどうだったのだ？」

藤次は真顔で続けた。

「どうって……。すっかり観念して、小さくなっていた」

「牢内での様子をきいたか」

「別にそこまではしない。牢名主の前で身をすくめていることだろうよ」

新之助は笑った。

「そうかな」

藤次は顎《あご》に手をやった。考え込むと、顎に手を当てる癖があった。

「何を考えている？」

新之助が不安げな顔をした。

「あの男の魂胆だ。亀吉は無宿者か」

「そうだ。上州無宿と言っていた。江戸に来てからまだ十日だった」

「本人がそう言っているだけか、それとも誰か他の者も言っているのか」

「いや、本人だけだ」

「では、亀吉という名もあやしいな」

「なに？」

新之助は顔色を変えた。

「亀吉を取り押さえるとき、抵抗したか」

新之助の問いかけには答えず、藤次はきいた。

「いや。女が男の腕から逃れた隙に奴に飛び掛かった。抵抗はしなかった。あっさり捕まった」

「あっさりか」

藤次は首をひねってから、

「俺の考え過ぎかもしれないが、いちおう注意したほうがいい」

「注意するったって、奴は無宿牢に入っているんだ」

「牢内……」

藤次は閃《ひらめ》くものがあった。

「牢に入ることが目的だったのかもしれない。最近の入牢者の中に、特に目を引くような人間はいなかったか」

「目を引くような人間だって？」

「たとえば、盗賊の頭とか、大きな事件を起こした者とか」

「まさか、牢脱《ろうぬ》けを企《たくら》んでいると?」

新之助は首を横に振って自分の言葉を否定した。

「不可能だ。牢脱けなど出来ぬ。仮に、火事を起こして逃そうとするなら、わざわざ亀吉が牢に入る必要はない」

「いや、牢脱けとは限らぬ。盗賊の頭なら、金の隠し場所を聞き出すためかもしれぬ」

「……」

新之助は押し黙って、考え込んだ。

「わかった。念のために調べてみる」

新之助はがばと立ち上がった。

「おい、これを?」

銭が置いてあった。

「とっておけ」

新之助はあわてて引き上げて行った。

俊太郎に習い事をさせるにもこれからますます金がかかる。ありがたくもらっておこうと、藤次は手を伸ばした。

二

藤次の長屋を飛び出した新之助は南町奉行所に急いだ。

藤次の意見をすべて受け入れたわけではないが、このまま見過ごしには出来なかった。万が一のことを考えたら、手を打っておかねばならない。

もし牢内で何かあったら、亀吉を送り込んだこっちの責任にされかねない。

数寄屋橋御門をくぐると、黒い渋塗りに白漆喰《しっくい》の海鼠《なまこ》壁の長屋門が見えて来た。月番ではないので門は閉じている。

もっとも月番で開いていても、与力、同心たちは右側にある潜《くぐ》り門から出入りをする。

潜り門を入ると、新之助はいったん門番所に続いてある同心詰所に向かった。

詰所に入ると、見習い同心に声をかけた。

「至急、浜尾《はまお》さまにお会いしたい。都合をきいてきてくれぬか」

「はい」

見習いの若い同心は同心詰所を出て、母屋に向かった。

与力の出仕は四つ（午前十時）だから来ているはずだった。

奉行所の掛かりはたいてい与力を長として、その下に同心がいるが、定町廻《まわ》り同心などは与力を長としない同心だけの掛かりである。

しかし、この掛かりとは別に、与力・同心は一番組から五番組にわかれ、新之助は三番組に属し、浜尾弥《や》一《いち》兵《べ》衛《え》はその三番組の筆頭与力の同心支配役であった。

「新之助。どうした、あわてているではないか」

茶を飲んでいた同じ定町廻り同心の高野《たかの》錦吾《きんご》が声をかけてきた。芝・高輪《たかなわ》方面を受け持っている。四十歳になる。ひとはいいのだが、ずけずけと物を言うので、周囲から煙たがられている。

「高野さんは、まだ町廻りには？」

他の同心は巡回に出ている。

「うむ。報告書に不備があったとかで、呼び出された。些細《ささい》なことで呼び出されちゃかなわんよ」

高野錦吾は平然と愚痴をこぼした。

高野は確か、風紀上好ましくない書物を売ったということで、芝神明宮前にある絵草紙屋の主人を捕まえたということだった。

「どうも、押収した書物の中に適法なものが含まれていたらしい」

「そうですか」

さっきの見習い同心が戻って来た。

「いま、だいじょうぶだそうです」

「うむ、ごくろう。では、高野さま」

一礼して、新之助は詰所を出た。

母屋の玄関に向かう。

広い式台を上がり、板廊下を与力番所まで行く。同心支配役の浜尾弥一兵衛がすぐに出てきた。瘦身《そうしん》で、穏やかな顔つきだ。

「向こうへ」

浜尾は空いている小部屋に連れて行った。

新之助の若さで定町廻り同心になれたのは浜尾のおかげである。去年、たまたまある者の病気と引退が重なり、定町廻りに欠員が生じた際に、浜尾が新之助を推挙してくれたのだ。

差し向かいになり、

「浜尾さま。じつは先日捕まえた亀吉なる男に、少し気にかかることがございまして」

と、新之助は切り出した。

この件では、無腰で狼藉《ろうぜき》者に立ち向かい、人質を無事に助けた新之助の勇気ある行動を、浜尾は称賛してくれていた。

「亀吉に?」

「はい。亀吉は牢内にいる囚人の誰かとつなぎをとるためにわざとあのような騒ぎを起こしたのではないかと思われる節が」

「それはどういうわけだ?」

「はい。亀吉を知るものが、あんなつまらない事件を起こすような人間ではないと言っておりました」

藤次のことは隠しているので、名を出せなかった。

「ひょっとしたら、牢に入ることが目的だったのではないかと」

「いくら、つなぎをとりたいためとはいえ、そのような大胆なことをする者がいるとは思えぬ」

浜尾は信じようとしなかった。

「たとえば、盗んだ金の隠し場所を唯一知っている人間が捕まって牢内にいるとしたら」

「最近、大金が盗まれたという報告は北町からも届いておらぬ」

「あるいは、吟味で仲間のことをもらさぬように威《おど》しをかけるため」

「盗賊一味が捕まったという報告もない」

「もっと別の目的があるかもしれません」

「だがな」

浜尾は気乗りしない様子で、

「だいたい、北町のほうと合わせると毎日三人から五人ぐらいが牢送《ろう》りになっている。十日で三十人から五十人、ひと月であれば百人前後の数だ。その中のひとりを見つけ出すといってもな」

「問題は無宿牢です。無宿牢に限れば入牢者の数は半分以下になるのではありませんか」

浜尾は思案していたが、

「だが、特に大きな事件を起こした人間はいない。喧嘩《けんか》で怪我を負わせた者、置き引きなどだ。そなたの考えすぎではないか」

「はあ」

やはり、わざと捕まってまでつなぎをとらねばならぬ人間が、牢内にいる可能性は低いようだ。

「気になるなら牢内にいる亀吉の様子をみてくるのだな」

「そうですね。わかりました」

「念のために担当する吟味与力には注意を呼びかけておく」

信じていないが、新之助の懸念に対して浜尾はそれなりの対応をしてくれた。

「では」

「お願いします」

立ち上がった浜尾に、新之助は深々と頭を下げた。


新之助は奉行所から小伝馬町の牢屋敷に向かった。

やはり、突飛な考えなのだろうか。

一石橋を渡り、新之助はお濠《ほり》端を本石町まで行って右に折れる。そろそろ、柳も芽吹いて来る。

風にも一頃の冷たさはない。

約束の後家のところにはゆうべ遅くなったが訪れた。鼻の下を伸ばして行ったものの、あいにくのことに女の弟というのが来ていて、ふたりきりになれなかった。すっかり当てが外れたが、帰りがけ、謝礼に三両くれた。

また、後日の逢瀬《おうせ》を約束したが、あの後家が本気かどうか。弟と言っているが、ひょっとしたら間夫かもしれない。

そんなことを考えていると、小伝馬町の牢屋敷が見えて来た。

約二千六百坪の広さの敷地の外周を高さ七尺八寸（約二メートル三十六センチ）の

忍び返しがついた練塀が囲っており、さらに周囲には堀がある。

表門の前には石橋がかかっていた。

新之助は門番に、世話役同心の木田伊兵衛《いへえ》への面会を申し入れた。奉行所を通じての正式な訪問ではないので、親しい木田を頼ったのである。

「どうぞ、中でお待ちを」

門番とも顔見知りなので、あっさり中に入れてくれた。

世話役同心は牢内の見回りや張り番など牢内のことに目を配る役目である。門の脇で待っていると、小肥《こぶと》りの木田伊兵衛がやって来た。

「いま、だいじょうぶですか」

新之助はきいた。

「ええ。さっき牢内の見回りをすませたので。詰所にどうぞ」

「では」

木田は門の横手にある同心詰所に新之助を案内した。

「茶でもいれましょう」

「いえ」

「そう仰《おつしや》らず。私が呑《の》みたいのですから」

木田は茶道具を引き寄せた。

「木田さん。先日、送り込んだ亀吉という男ですが」

「亀吉が何か。さあ、どうぞ」

「すみません」

木田が差し出した湯飲みをつかみ、一口すすってから、

「牢内での様子はいかがですか」

と、新之助はきいた。

「特に何も。おとなしくしています」

「そうですか」

「稲瀬さん。何か、気になることでも？」

「じつは、亀吉はわざと捕まったのではないかという疑いがあるもので」

「わざと捕まる？」

木田が訝《いぶか》しがった。

「ええ。牢内にいる誰かとつなぎをとるために」

「まさか」

木田は笑った。

「こんな地獄のような牢に、誰が好き好んで入ってきましょうか。牢内には牢名主をはじめとする牢役人が威張っていて、新入りはかなりみじめな思いをします。いくら

なんでも、それはないと思いますよ」

　確かに、木田が言うように牢内には娑婆《しゃば》より厳しい身分差別があり、平囚人はかなり痛めつけられるのだ。地獄のようなという木田の言葉に誇張はない。

「そうですが、もしかしたら、我らが気づかないだけで、亀吉にとっては大事な人間が牢内にいるかもしれない……」

　だんだん、話して行くうちに、自分でもあり得ないように思えて来た。それでも、念のためにきいた。

「亀吉の入牢時の様子はいかがでしたか」

「いえ、特に変わった様子はありませんでした。新入りがやられる儀式も同じように受けていました」

　町奉行所から送られて来た容疑者は外鞘《ざや》で衣類を調べられてから、褌《ふんどし》ひとつで衣類を抱えて牢内の留口から中に押し込められる。

　中では、囚人が「サアコイ、サアコイ」と掛け声をあげて待ち構えている。そして、留口から転がり込むと、両脇から尻《しり》を叩《たた》かれるのだ。

　亀吉もそういうキメ板の儀式を受けたと言う。

「そのときの様子は？　キメ板に悲鳴を上げていたか、あるいは耐えていたか」

「耐えていました。かなり、頑健な体のようです」

尻を叩かれても悲鳴を上げずに耐えている亀吉の姿が想像された。

「それに、亀吉はだいぶ蔓《つる》を持っていたようで、それほどひどい扱いは受けなかったようです」

「だいぶ蔓を持っていた？」

新之助は不審を持った。

あの騒ぎのきっかけはただ食いただ呑みだ。無銭飲食だ。それなのに、そんなに蔓、つまり銭を持っていたとは……。

「ええ、髷《まげ》に隠していたのでしょう」

金を持っていたのに、払おうとしなかった。そのために、捕まることになったのだ。やはり、はじめから牢《ろう》に入るつもりでいたのだろうか。

そのことを告げると、木田は訝しげになった。

「木田さん。最近入牢した盗人はいますか」

「盗人は……。そう、十日ほど前に伝七《でんしち》という男が入っています」

「伝七？」

「二十九歳の小柄な男です。明け烏の伝七と名乗っていました」

「明け烏の伝七と言えば……」

確か、芝・高輪方面を受け持っている高野錦吾が捕まえた男だ。芝露月町の質屋に盗みに入ったとき、そこの手代に顔を見られていたことで足がついたと聞いている。

「でも、こやつはひとり働きです。そんな大物とは思えませんが」

「そうですね」

亀吉がわざわざ牢に入ってまで近づこうとするような相手とは思えない。

「木田さん。念のために亀吉の動きに注意を払っておいてもらえませんか」

「わかりました」

木田は少し緊張した声で答えた。

「亀吉の様子を見て行ってもいいですか」

新之助は頼んだ。

「いいでしょう」

木田があっさり応じたのも、亀吉に不審を感じたからだろう。

詰所を出てから、牢舎のほうに向かう。詰所は牢舎とは壁で仕切られており、張番所を抜けて、牢舎に向かった。

外鞘に入る。牢屋格子の向こうに囚人たちがいる。異様な臭いが鼻を襲う。囚人特有の怨念《おんねん》のこもった空気がよどんでいるようだ。

無宿牢の前に立った。中は薄暗い。目が馴《な》れてくると、壁際に何枚も畳を積んだ上にひげもじゃの男が座っているのがわかった。牢名主だ。

その両脇に添役、角役、二番役など全部で十二人の牢役人がいる。その他、多額の金子を持ち込んだ者が穴の隠居、隅の隠居などと呼ばれ、畳の上に座ることが許されていた。

大勢いる平囚人は端に窮屈そうに並んで座っている。どこからも声が出ない。異様な光景だ。

亀吉の姿を探したがわからない。

「あそこです。うしろからふたつめの列です」

木田が耳元で囁《ささや》いた。

そこに目をやる。整然と並んでいる平囚人の中に細身で鋭い顔つきの男を認めた。間違いない、亀吉だ。

魂胆をもってここに入ったのだとしたら、このうちの誰かが目当てなのだ。最近入った人間に違いないから、まだ平囚人のはずだ。窮屈そうに整列している一団の中に、目指す男がいることになる。

新之助は一癖も二癖もありそうな男たちをみて行くが、わかるはずはない。

「戻りましょう」

諦《あきら》めて言い、新之助は踵《きびす》を返した。

庭に出て、深呼吸をする。

「いつもあんな感じなのですか」

「そうです。整然としています。牢名主を無視して好き勝手は出来ないんですよ」

「そうですか」

あのような環境の中で、亀吉が特定の人間に話しかけることが出来るだろうか。そばにいるならともかく、牢名主や牢役人に気づかれずに場所を移動して話しかけることは不可能だ。

「ともかく、亀吉の動きに目を光らせておきます」

木田は力強く言った。

新之助は礼を言い、牢屋敷をあとにした。

牢内の様子を見れば、亀吉が何も出来ないことははっきりしている。藤次の考え過ぎだ。外から二階の窓に見えた亀吉の顔をみただけで、何がわかるというのか。

そう思うそばから、蔓をたくさん持っていたという話が気になる。だが、それはたまたまだったか。亀吉はほんきで十両を奪おうとしていたのかもしれない。

考えが定まらないまま、新之助は奉行所に向かった。

三

　その日の夕方。堀端にある稲荷《いなり》社の裏手で、藤次は木剣を片手に、これも木剣を握った俊太郎と向き合っていた。すでに、俊太郎は肩で息をしていた。

「俊太郎。どうした、もう降参か」

　藤次は叱りつけるように言う。

「まだです」

　俊太郎はまだ女のような甲高い声で叫び、よろけながら打ち込んで来た。藤次は軽く左に身をかわした。

　ちょっと体をずらしただけで俊太郎は前のめりに倒れた。すぐには起き上がれない。

「やめて」

　お京が飛んできて俊太郎をかばった。

「無茶です。俊太郎さんはまだ六歳です。それなのに、こんなに激しい稽古《けいこ》を」

　俊太郎の肩を抱き抱えながら、お京は藤次を睨《にら》んだ。

「俊太郎、自力で起き上がれ」

「はい」

「お京さん。手を出すな」

助け起こそうとするお京に声をかける。

「私ならだいじょうぶです」

俊太郎がお京に言う。

お京は不安そうな表情で俊太郎から離れた。

俊太郎は歯を食いしばって起き上がった。そして、ふらつきながら木剣を正眼に構えた。木剣の先が揺れている。

「しっかり構えよ。丹田に力を入れて、打ちかかって来い」

「はい」

大きく返事をし、木剣を構えた。俊太郎はえいと叫んで気合をいれた。切っ先が藤次の目をとらえた。

「よし。これまで」

「はい」

俊太郎は木剣を下げ、左手に持ち替え一礼した。直後、俊太郎の体がくずおれた。

「俊太郎さん」

お京が再び駆け寄る。

夕陽が沈もうとしていた。

藤次は井戸端に行き、桶《おけ》に水をくんだ。

「俊太郎、体を拭《ふ》け」

そう言い、先に部屋にもどる。

俊太郎の刀筋はいい。将来は相当な剣士になるだろう。これに学問が加われば、必ず一家を成す。藤次はそう思った。


しばらくして、お京と俊太郎が入って来た。

夕餉《ゆうげ》をとり終え、相当疲れたのか、俊太郎は手習いをしながらこっくりとした。

「俊太郎。きょうはもう休め」

藤次は言う。

「はい」

俊太郎は自分で布団を敷いた。

俊太郎が横になると、藤次は行灯《あんどん》の灯を消した。天窓からの月明かりが土間と台所を微《かす》かに明るくした。

俊太郎は微かに寝息を立てはじめた。

俊太郎の寝顔を見ていると、静かに戸が開いた。

お京が顔を覗《のぞ》かせた。

「俊太郎さんは？」

「眠った」

「お話があります」

「外に出よう」

もう一度、俊太郎の寝顔に目をやってから、藤次は外に出た。

さっき稽古をした稲荷社の裏手から堀端に向かう。対岸は武家地で、武家屋敷が並んでいる。

まんまるい月が夜空に浮かんでいる。浜町堀からの入り堀の川面《かわも》に月が映っていた。

「梅の花が満開になっても、夜はまだ寒い」

対岸の武家屋敷の庭の梅の花が月影を浴びて白く輝いているのを見ながら、藤次は呟《つぶや》くように言った。

「藤次さまはどうしてあんなに俊太郎さんに厳しくするのですか」

いきなり、お京が言った。抗議をするような言い方だ。

「たくましい人間にするためだ」

藤次は答える。

「でも、まだ六歳ですよ」

「すべて六歳からはじまる」

「私、俊太郎さんが不憫《ふびん》でなりません」

「俊太郎のためだ」

「そうでしょうか」

珍しく、お京は食ってかかって来た。

「朝から塾と手習い。夕方になったら剣術の稽古。もっと子どもらしい遊びをさせてあげられないのですか」

お京はやむにやまれぬように続けた。

「初午《はつうま》祭りで、長屋の子どもたちが太鼓を鳴らして遊んでいるのを、俊太郎さんは寂しそうに眺めていました。お稲荷さんでみなといっしょに……」

お京の言葉を遮り、

「俊太郎は武士の子です」

藤次はきっぱりと言う。

「……」

お京から言葉が返って来なかった。

「お京さん。私はあなたに感謝している。俊太郎は母親を知らない。俊太郎はあなたを母親のように慕っている」

「私も俊太郎さんが実の子どものように可愛いんです」

お京は答えてから、

「お母上はどういうお方でしたか」

「強いお方だった」

「お方？」

「いや、芯《しん》のしっかりした女子《おなご》でした」

「そう……」

鐘の音が聞こえた。五つ（午後八時）だ。

「体が冷えてきた。帰りましょう」

「俊太郎さんのお母上はどうなさっているのですか」

藤次の声を聞き流して、お京はきいた。

「どうとは？」

躊躇《ちゅうちょ》したふうだが、意を決したようにお京は言った。

「お亡くなりになられたのでしょうか」

「いえ。ある事情があって別々に暮らしている」

藤次の胸に苦いものが広がった。

「藤次さまとどうしてお別れに？」

「……」

藤次は口をつぐむ。

「すみません。よけいなことを」

あわてて、お京が謝った。

「帰りましょう」

もう一度言い、藤次は引き上げた。切ないようなお京のため息が背中に聞こえた。

藤次は胸が締めつけられるようだった。


翌朝、俊太郎が塾に行くのを見送ったあと、隣のお京に声をかけ、藤次は長屋を出た。お京の顔を見て、ゆうべのお京の言葉を思い出していた。

もっと子どもらしい遊びをさせてあげられないのかと、お京は訴えるように言った。

塾は五つ（午前八時）から、午後は手習い。夕方には剣術の稽古《けいこ》。しかし、来年には剣術の道場に通わせようと思っている。そのことを知ったら、お京は何と言うだろうか。

だが、俊太郎のためなら俺は鬼になる。ならねばならぬのだと、藤次は胸を詰まらせた。

難波町から通油町に出て左に折れ、大伝馬町にやって来た。ここにいつも行く口入れ屋の『松葉屋《まつばや》』がある。藤次の足はそこに向かった。

『松葉屋』から仕事を世話してもらい、ときには他の口入れ屋を紹介してもらったりしている。力仕事などをすることもあるが、一番金になるのは用心棒だ。

だが、最初は用心棒の仕事に反発を覚えた。藤次はかつては藩の剣術指南役に推挙されたこともあるのだ。真に守るべき人間のために剣を使うことはやぶさかではないが、金で雇われて剣を使うことに忸怩《じくじ》たる思いがあった。

大店《おおだな》が並ぶ通りを過ぎ、横町に入ると小商いの店が並んでいる。魚屋や八百屋、瀬戸物屋などが並ぶ中に『松葉屋』の場違いな諸職世話という看板が出ていた。

暖簾《のれん》をかきわけて土間に入る。帳場格子に座っていたたぬきのような体つきの亭主が顔を上げた。

「岩城さま、お待ちしておりました」

亭主の三蔵《さんぞう》が笑みをたたえて言う。

「何かいい仕事があるのか」

「はい。用心棒でございますが」

最初は抵抗があったが、いまではその依頼を一番望んでいるのだ。

「まあ、そこにおかけください」

三蔵に言われるまま、藤次は上がり框《かまち》に腰を下ろした。

「やはり、『大蔵屋』でのご活躍を知り、どなたも岩城さまをご指名なさいます。あの『大蔵屋』の用心棒をしたお侍さんをと」

「そうか」

ため息混じりに答えたのは、まるで用心棒が本業のように思われているのかもしれないと思ったからだ。

「これはよけいなことを」

三蔵は苦笑してから、

「元浜町でございますから岩城さまのお住まいから近《ちこ》うございます。お砂《すな》という女の方がお住まいです。囲われ者だそうで、旦那《だんな》というのは本郷のほうの木綿問屋の旦那だそうです」

帳面から顔を上げ、三蔵は続けた。

「ご依頼はお砂さんからで、最近家の周囲を怪しい人間がうろついている。何者かに狙われているような気がするというので、警護を願いたいということです。とりあえず、三日間で三両」

「三両か。いいだろう」

妾《めかけ》の用心棒というのは気が進まないが、甘んじて受けなければならない。なにしろ、一日一両の稼ぎだ。

「では、さっそく行ってみよう」

藤次は立ち上がった。

「さいでございますか。もう一度、詳しい場所をご説明いたします」

三蔵は妾宅《しょうたく》の説明をはじめた。

元浜町は浜町堀に面した町だ。難波町とも近い。

お砂の家は千鳥橋の近くの路地の奥まったところにある黒板塀で囲まれた洒落《しゃれ》た二階家だった。

門の引き戸を開け、藤次は玄関に向かう。

格子戸を開けて中に呼びかけた。すぐに小粋な女が出て来た。二十五、六歳か。首が細くて長く、色白で細面の顔だちだ。ややつり上がりぎみの目が凛《りん》とした印象を与えている。

「拙者、岩城藤次と申す。大伝馬町の『松葉屋』からの紹介で参った」

藤次はいっきに言う。いまだに、『松葉屋』からの紹介で参った、という言葉を口にするときに屈辱的な思いに駆られる。

いずれは高月藩の藩主の指南役となり、藩士に剣術を教える身になっていただろうに、あの頃の希望に燃えた日々はある事件を境に一変したのだ。

「そうですか。よかった。まあ、ともかく、あがってくださいな」

女は弾んだ声で言った。

「では」

刀を腰から外し、藤次は部屋に上がった。

「どうぞ、こちらへ」

隣の四畳半が居間になっていて、長火鉢の前に女は座った。

「私はお砂と申します。岩城さまはたったひとりで大勢の盗賊を退治したそうですね」

女は名乗ってから、頼もしそうに藤次を見た。

「たまたまでござる」

藤次は静かに答える。

「じつは、最近、夜になると家のまわりをうろついている男がいるの。別に襲って来なかったけど、ちょっと気になることがあって」

「気になる？」

「ええ。ひょっとして、うちの旦那がやって来るのを待っているのではないかと」

「つまり、旦那が狙われていると？」

「ええ」

「何か、旦那が狙われる心当たりが？」

「商売上、ひとから恨まれることが多いみたいなので。今夜から旦那は三日間ここにやって来るんですよ。だから、ともかく、今夜から警戒してくださいな」

「わかりました」

「そうね。夜五つ（午後八時）から明六つ（午前六時）まで。襲うとしたら、その時間だと思うの。謝礼は三日間で三両でいいわね」

「結構です」

「じゃあ、今夜五つに来てちょうだい。私たちは二階を使いますから、岩城さまは玄関の部屋で過ごしていただきたいわ」

　お砂はてきぱきと言った。

「委細承知しました。では、今夜、五つに参ります」

　藤次は腰を上げた。


　いつものように、夕方に俊太郎に剣術の稽古をし、それから夕飯をとった。

　食事の間、無駄口をきかない。姿勢を正して、食事をする。

　食べ終わり、しばらくしてからお京がやって来た。

「お済みになりましたか」

「ご馳走《ちそう》さまでした」

俊太郎が畏《かしこ》まって言う。

お京の顔を見て、俊太郎の表情が和らぐ。俊太郎はお京に母を感じているのであろう。いつも張りつめた空気の中で過ごしている俊太郎には唯一お京といるときだけが、心安らぐときかもしれない。

「お京さん。今夜から三日間、仕事で夜出かけなければなりません。帰りは明け方になります。俊太郎のことをよろしくお願いします」

「任せてくださいな。そうしたら、私の家に泊まっていただこうかしら」

お京はうれしそうに言う。

「俊太郎、どうするか」

藤次はきいた。

「お京さんのところに……」

俊太郎は恥じらうように言った。

やはり、六歳の俊太郎にとって母親は必要なのかもしれない。

「お京さん。では、そうしてください」

「はい」

応じたあとで、

「でも、危ないお仕事ではないんでしょうね」

と、お京は笑みを引っ込めてきいた。

「心配いりません」

藤次は用心棒の仕事だとは話さなかった。夜間の荷物運びの見張りだが、危険なことではないと話した。

「俊太郎。父は出かけてくる。明日《あした》の朝帰る。よいな」

「はい。行ってらっしゃいませ」

俊太郎は畏まって頭を下げた。

「では、あとのことを頼みました」

お京に言い、藤次は長屋を出た。

元浜町のお砂の家までほんのわずかな距離なので、約束の五つ（午後八時）よりだいぶ前に着いた。

藤次は家の周囲を見まわる。

不審な気配はない。藤次は表に戻った。

格子戸を開けて呼びかけると、すぐにお砂が出て来た。

お砂について居間に行くと、四十ぐらいの細身の男がいた。色が浅黒く、精悍《せいかん》な顔だちの男だ。眼光は鋭い。

「旦那《だんな》。いまお話しした岩城藤次さま。今夜から三日間、夜だけ、警護をお願いしたんですよ」

「久右衛門《きゆうえもん》です。よろしくお願いいたします」

お砂の旦那は如才なく言いながらも、目では藤次を観察している。堅気の人間とは思えぬ雰囲気がある。一見、細身に見えたが、着物の下の胸板も厚く、肩の筋肉も隆々としているのが見てとれる。よって、久右衛門はかなり腕っぷしが強そうだ。それなのに、用心棒を頼むというのはどういうわけだろうか。

「どうぞ、安心してお休みください」

藤次はふたりに言い、

「その前にお訊《たず》ねしておきたいのですが、敵はなんのために襲ってくるのでしょうか」

「私を殺すためですよ」

久右衛門が厳しい顔で言う。

「何のために、殺そうとするのか思い当たることがあれば教えていただきたいのですが。まず敵を知ることで万全なる備えが出来ると思います」

藤次はきいた。

「私がいなくなれば、利益を得る人間がいるということです。岩城さん。申し訳ありません。これ以上のことはお許しを」

「そうですか。わかりました」

詮索《せんさく》することも出来ない。それなら、与えられた任務をこなせばいいだけの話だ。

藤次は素直に引き下がった。

「では、私は庭を見まわってきます」

藤次はふたりの邪魔をしないように狭い庭に出た。石灯籠《どうろう》があり、小さな池もあり、鯉が泳いでいた。

ふたりは二階に上がったようで、二階の窓の障子にふたつの影が映った。藤次は勝手口から厠《かわや》のほうに向かった。

塀の上には忍び返しがついている。が、庭に松の樹があり、外から枝に縄をかけて塀を乗り越えることは可能だ。

用心するなら枝は切っておくべきだ。

それにしても、なんとなく釈然としない。久右衛門は自分の身を守れるくらいの力はあるようだ。どういう敵かわからないが、わざわざ用心棒を雇う必要はないように思える。それとも、相手は腕の立つ人間か。

ともかく、久右衛門には隠していることがある。藤次は思った。

よけいな詮索はしないことだ。ただ、与えられた仕事をこなすだけだ。藤次は仕事だと割り切る。

二階の明かりが消えた。これから、睦《むつ》み合うのであろう。藤次はしばらく庭で過ごして、家の中に入った。

四つ（午後十時）の鐘が鳴り終えた。寝入ったのか、二階は静かだった。

藤次は今度は勝手口から外に出てみる。二月半ばとはいえ、夜が更けると肌寒い。

藤次はひとの気配を感じた。塀の外だ。藤次は足元に注意を払いながら松の樹に近づいて、外の様子を窺《うかが》う。ふたりいる。かすかな気配で感じるのだ。

と、次の瞬間、鉤縄《かぎなわ》が塀の上を飛んで松の枝に絡みついた。松の小枝にかかった縄がぴんと張った。そして、枝がしなった。何者かが縄を伝って塀を乗り越えようとしているのだ。賊が侵入しようとしている。藤次は中に引き入れ、捕らえようとした。

藤次はじっとしていた。

やがて、黒い影が頭上に現れた。忍び返しを難なく乗り越え、松の樹に乗り移った。黒い布で頬被《ほおかむ》りをし、黒の股引《ももひ》きに黒の着物を尻端《しりはし》折《よ》りしている。

地に下り立つと、塀際を移動し、裏口に向かう。そして、裏口の閂《かんぬき》を外した。

戸が開いて、黒装束の侍が現れた。がっしりした体格の侍だ。

ふたりは母屋に向かった。雨戸の前に立ったふたりに忍び寄り、

「曲者《くせもの》」

と、藤次は声を張り上げた。

ふたりは驚いたように振り向いた。

「なんのために久右衛門どのを狙うのだ？」

無言のまま、黒装束の侍が抜き打ちに斬りつけてきた。それより素早く、藤次は剣を抜いて相手の剣をはじいた。相手の剣は宙を飛んで、庭の地べたに突き刺さった。

そして、侍の喉元《のどもと》に剣先を突きつけた。

頬被りの男は左利きらしく、左手に匕首《あいくち》を構えて飛び掛かる隙を窺っていた。だが、藤次が睨《にら》み付けると、腰が引けていた。

この騒ぎに二階の窓が開いた。

「あっ」

お砂が声を上げた。

藤次の剣が鋭く空を斬った。侍の覆面がふたつに裂け、素顔が現れた。

目と鼻がでかい髭面《ひげづら》だ。三十半ばぐらいか。

そのとき、一階の雨戸が開いて、久右衛門が顔を出した。

頬被りの男が逃げ出そうとするのを、

「動くな」

と、藤次は一喝する。

「そなたも頬被りをとるのだ。とらねば」

藤次が剣を構えた。

「待て」

はじめて賊のひとりが声を出した。

額の先を引っ張って布を外すと、頬に刀疵《きず》のあるいかつい顔が現れた。

「久右衛門どの。この者たちに見覚えは？」

藤次は廊下の久右衛門にきいた。

「いや、ふたりともはじめて見る顔」

久右衛門は意外にも落ち着いている。

「誰かに頼まれたようだな。誰に頼まれた？」

藤次は鋭く問い詰める。

「……」

「言えぬな」

簡単に口を割れば依頼主からの信頼を失う。ちょっとやそっとのことでは喋《しゃべ》るまい。

それに、久右衛門の顔つきから依頼主に心当たりがあるように思えた。

「久右衛門どの。ふたりをどうしますか。町方に引き渡しますか」

「いや。そこまではいい」

久右衛門はふたりに向かい、

「依頼主に伝えよ。これ以上、ばかな真似をするなら、こっちにも考えがあるとな」

「この者たちを返してよいのですか」

藤次は確かめた。

「もう二度と襲ってはきますまい。どうぞ、逃がしてやってください」

「久右衛門どのがそう仰《おつしや》るなら」

藤次は刀を引いて、

「さあ、引き上げよ。刀を忘れずにな」

と、ふたりを急《せ》かした。

ふたりは裏口から逃げ去って行った。

藤次は門を閉めてから、久右衛門のそばに行った。

「岩城さま。ごくろうさまでした。もう、心配はいりません。さあ、部屋にお上がりくだされ」

「はい」

藤次は玄関にまわった。

居間に行くと、酒の支度が出来ていた。お砂が気を利かしたのだ。

「いや、それは結構でございます。もう大事なければ、これにて失礼いたす」

藤次は言う。

「いや。もう町木戸も閉まっております。明日《あした》の朝、お発《た》ちください」

久右衛門がにこやかに言う。

ふたりとも、賊が押し入ったというのに平然としていた。

「岩城さま。ごくろうさま」

お砂が酒を差し出した。

「では、いっぱいだけ」

藤次は猪口《ちよこ》をつかんだ。

「岩城さま」

お砂が改まって懐紙に包んだものを出した。

「お約束のものでございます」

「では」

藤次は手を伸ばした。

三両ある。一両だけとって、残りを返した。

「三日の約束が一日で済んだのです。これだけで結構でござる」

「それはいけません。早く済んだのはたまたまだったのですから」

お砂が言う。

「いえ、たったあれしきのことでたくさんいただくことは出来ません」

さっきの賊ならば、おそらく久右衛門でも蹴散《けち》らすことは出来たはずだ。それに、依頼主にも心当たりがある様子。どうも、久右衛門という男、得体が知れぬ。

「律儀なことで」

久右衛門は穏やかな顔で言い、

「では、こうしましょう。この二両は賊を倒し、私を守ってくれたお礼ということで。三日間何事もなく過ごしても、三両を差し上げたわけでございますから。それに、また、何かあったら警護をお願いしたいのです。その意味を込めて、どうぞお納めください」

「わかりました。では、遠慮なく」

藤次は三両を受け取った。

これで、俊太郎においしいものを食べさせてやれる。そう思うと、藤次は自然とふたりに頭を下げていた。

ただ一方で、久右衛門に対する不可解さはますます強くなっていた。木綿問屋の旦《だん》那《な》というのは嘘ではないのか。いや、いまはそうだったとしても、前身はもっと違ったものだったかもしれない。しかし、もう会うことはあるまい。詮索《せんさく》は無用と改めて自分に言い聞かせた。

四

稲瀬新之助は自分を呼ぶ声を聞いた。だが、頭の中は混濁している。自分を呼ぶ声は遠くになったり、近くになったりしている。

まだ、半睡状態だった。体が谷底に落ちていくような衝撃とともに、はっとして目を開けた。妻の紀和《きわ》の顔があった。

「小伝馬町の牢《ろう》屋敷からお使いが参っています。早く、起きてくださいな」

紀和の言葉がまだ理解出来ない。

「牢屋敷……」

新之助はがばと起き上がった。

「なんだって、牢屋敷から使い？」

「ええ。さっきから申し上げております」

紀和はつんとして言った。

ゆうべ、例の後家と往来でばったり会い、誘われるままに家に上がり込んで酒を馳《ち》走《そう》になった。酔っぱらって帰ったものだから、紀和の機嫌が悪いのだ。

紀和は新之助よりひとつ年上で、美人だが気が強い。所帯を持つまでは、そんな強い性格だとは想像もしていなかった。

「いま、何時だ？」

「もう夜が明けています」

紀和は不機嫌そうに言う。

何か起こったのだという漠然とした不安に襲われて、新之助は寝間着のまま玄関に急いだ。

股引《ももひ》きに法被姿の男が待っていた。牢屋下男だ。

「木田伊兵衛さまからのお言伝《ことづ》てを持って参りました。囚人の明け烏の伝七が死にました。もし、亡骸《なきがら》を検《あらた》めるならすぐご足労をとのことでございます」

「伝七が死んだ？」

新之助は一瞬身震いをしてから、

「あいわかった。すぐに伺うと伝えてくれ」

「はっ」

牢屋下男は引き上げて行った。

さっき身震いをしたのは寒さのせいばかりではない。殺されたのかもしれないという衝撃だった。

部屋に戻り、出かけると紀和に言った。

格子の着物に羽織を着て、紀和が差し出した懐紙、財布、十手を懐にしまい、

「戻るかどうか、わからん」

と、新之助は言う。

毎朝髪結いが来て、髭《ひげ》をあたり、月代《さかやき》も青々と剃《そ》ってくれる。身だしなみにはひと一倍気を使う質《たち》で、無精髭が気になるが、そんなことにかまっていられなかった。

小者の儀平《ぎへい》がすでに支度をして玄関前に待っていた。

「ごくろう。俺は小伝馬町から奉行所に行く。おまえは奉行所で待て」

「はっ」

まだ時間が早いので、儀平はいったん小屋に下がった。

新之助は草履を履き、門に向かった。

四半刻《とき》（三十分）足らずで、小伝馬町の牢屋敷に駆けつけた。

世話役同心の木田伊兵衛が迎えに出て、

「こちらです」

と、強張《こわば》った顔で庭の隅に案内した。

横たえられている亡骸のそばに行った。牢屋下男が筵《むしろ》をめくった。土気色をした男の顔が現れた。

「これが、明け烏の伝七ですか」

新之助は憤然と言う。

「死後ふつかは経っています。私が夜回りで無宿牢に差しかかったとき、牢役人が伝七の様子がおかしいから牢屋医師を呼んでくれと訴えたのです。それで、医師がやって来たときには死んでいた。いや、死んでからふつか経っていたのです」

「死因は？」

「窒息です」

「医師の判断は？」

返事まで間があった。

「病死です」

変死者が出れば、同心は牢屋医師に検死をさせる。だが、医師は死因に疑いがあっても病死だと判断するのだ。もちろん、銭が医師の懐に入れられる。

「何があったか、囚人たちから話を聞き出せませんか」

新之助は訴えた。

「囚人たちは何も言いませんよ。もし、何か言ったら、今度は自分が検死を受ける身になりますからね。牢内には大勢の囚人がひしめきあっています。その上、毎日数人ずつ新入りがある。人減らししていかないと、暮らしていけません」

「黙認しているのですか」

「牢内の寝床を見ましたか。一畳に六人、七人と詰めて寝るんです。ひとが増えれば、作造りと称する人減らしが行われているのです」

牢内で変死者が出て、明らかに殺されたとわかっても見て見ぬふりをする。そうやって、牢獄の秩序を保っているのだという。

やりきれない話だ。

「ちょっと、亀吉の様子を見てみたいのですが」

「いいでしょう」

伊兵衛は外鞘《ざや》に入り、牢格子の並ぶ通路を無宿牢まで案内した。

五つ（午前八時）になるところで、食事の時間だった。賄役同心の指図のもと、食事係の下男たちが運んできて牢役人に渡した。

牢内で、囚人が物相と呼ばれる椀《わん》に飯をよそっていく。味噌汁《みそしる》と糠漬《ぬかづ》けの大根で食べるのだ。

配り終わり、囚人たちは黙々と飯を食いはじめた。

新之助は亀吉を探した。壁際で物相飯を食べている。食欲は旺盛《おうせい》のようだ。臭い飯と称する物相飯を平然と食べている。

あっという間に食べ終わり、味噌汁をすすっている。

視線に気づいたのか、亀吉が椀を置いたあと、ふと顔を向けた。新之助と目があった。

しばらく視線をはずさない。微《かす》かに笑ったような気がした。

捕まえたときと印象が違う。やはり、亀吉が伝七を殺したのではないか。そう思えるような不気味さがあった。

「木田さん。誰かが伝七がやられるのを見ていたかもしれない。牢名主、あるいは牢役人は何かを知っているんじゃありませんか」

「無駄です」

「無駄？」

「牢内では、牢名主に無断で勝手な真似は出来ません。黙っているということは牢名主も承知の上ということです」

「そうですか」

新之助は落胆した。

「亀吉の仕業とは言い切れません。伝七に恨みがある者が先に入っていた場合も考えられます。牢役人に、じつは娑婆《しゃば》でいためつけられたことがあると言いつけた可能性だってあります」

やはり、亀吉が伝七を殺したと証明することは難しい。それより、なぜ伝七を殺さねばならないのか、その理由がわからない。

「牢名主はどんな人間なのですか」

「博徒の親分だった男で、助五郎《すけごろう》といいます。何度も牢と娑婆を出たり、入ったりしています」

「なんとか、助五郎と会わせてもらいたいのだが」

新之助は希望を述べた。

「へたに助五郎を呼びだすと、他の囚人が疑心暗鬼になって牢内に混乱が生じるかもしれません。何かの折りを見計らって、呼び出してみましょう」

牢屋同心の中で上席の鍵《かぎ》役同心が助五郎を見込んで牢名主に任命したのだという。

牢内の秩序を保つためにも牢名主の存在は大きい。その牢名主が牢内のことを漏らしたりしたら、牢名主自身が囚人たちの信頼を失う。牢内が混乱を極める。

牢内で何かあっても、牢名主に任せるしかないのだ。

「すみません。我がまま言って」

「いえ」

「では、これで」

新之助はすっきりしないまま牢屋敷をあとにした。

新之助は手札を与えている岡っ引きの儀八とともに、親父橋の東詰にある『ひさご屋』にやって来た。

土間に入り、亭主におはるという女中を呼んでもらった。亀吉の人質になっていた女だ。勝手口のほうで待っていると、おはるがやって来た。

「忙しいところをすまねえな」

儀八が声をかけた。

「はい」

用心深そうに、おはるはうなずく。

「同じことをきくようだが、勘弁してくれ」

「なんでしょうか」

事件の直後、新之助はおはるから事情をきいていた。

「おまえは、亀吉の吟味の席に呼ばれ、亀吉は本気で自分を殺すつもりはなかったと証言したそうだな」

新之助はおはるの顔色を窺《うかが》った。

「はい」

「どうしてだ？」

「私の腕を強く押さえてはいませんでした。口では恐ろしいことを言ってましたが、私には乱暴な真似はしませんでした」

「まさか、おまえもぐるだったのか」

「えっ？」

「おまえは亀吉と示し合わせて人質事件をおこしたのではないかってきいているんだ」

儀八が大声を張り上げた。

「そんな。どうして、私がそんな真似をしなくてはいけないんですか」

「それはこっちがききたいことだ。おまえは、あの男が本気で脅しているのではないことをわかっていながら、わざと悲鳴を上げたりしていた」

「……」

「まるで、亀吉に手を貸していたようではないか」

「違います。私は……」

「おはる。これは大事なことだ。あのとき、亀吉とどんな話をしたのだ？　亀吉は何を言っていた？」

「なにもかもいやになって、ただ世間を騒がせたいだけだって」

「それは、吟味の席で証言したことだな。証言で言わなかったことだ。何か話しただろう？」

「いえ」

「ぐるではないなら、思い出すんだ」

「そんな」

おはるは首を横に振った。

「なにも覚えていません」

「亀吉はおまえの名をきいたか？」

「はい」

「住まいは？」

「きかれました」

「何と答えた？」

「小舟町二丁目の長屋に住んでいると、正直に答えました」

「その他には？」

「覚えていません」

「おはる。そなた、正直に答えていないな。隠し事をしている。それだけでも疑わしいのだ」

「私は……」

「おはる。正直に言うんだ。でないと、あとで困ったことになる。それでもいいのか」

「ただ、あのひとは……」

「なんだ？」

「牢から出たら、私に会いに来てくれるって言ってくれたんです」

「おまえ、あの男に惚《ほ》れたのか」

儀八が呆《あき》れたように言った。

「……」

「わかった。もういい」

新之助はこれ以上責めても可哀そうだと思った。亀吉がおはるに甘い言葉を囁《ささや》いたのは単なる方便か、本気なのかわからない。

「もういいんでしょうか」

おはるがおそるおそるきく。

「ああ、いい」

ぴょこんと頭を下げ、おはるは逃げるように去って行った。

亀吉のことはなにもわからなかった。

ただ世間を騒がせたかったという亀吉の言い分に、疑問を抱かせるようなものはなかった。

考えすぎかもしれない。亀吉はほんとうに騒ぎを起こしたかっただけなのかもしれない。そこに、たまたま盗人の伝七が死んだのを、勝手に亀吉と結びつけて騒いでいるだけのことだ。そう思うと、自嘲《じちょう》するしかなかった。

その夜、新之助は難波町裏河岸の八百屋と荒物屋の間の路地木戸を潜《くぐ》り、藤次を訪れた。

腰高障子を開けると、ちょうど夕餉《ゆうげ》を終えたばかりのようで、藤次は倅《せがれ》とふたりで茶を飲んでいた。

「飯は済んだようだな」

新之助は勝手に土間に入って行く。

「なんの用だ？」

藤次は冷たい目できく。

「そんな目をするな。それより、どうしてお京という女といっしょに飯を食わないのだ」

「よけいなお世話だ」

「どうせ、後片付けに来るのだろう。だったら、いっしょに食えばいいではないか。はたから見てると歯がゆくてならねえぜ」

「なに？」

「怒るな。ちょっと話がある。外に出られるか」

「話ならここでいい。手短に言え」

「そうはいかないんだ。亀吉のことだ」

「俺には関係ない」

「そんなこと言うな。では、ここで話していいのか」

新之助は藤次の反応を窺う。

藤次は子どもに向かい、

「俊太郎。留守番を頼む」

「はい。私ならだいじょうぶです」

「うむ」

藤次は立ち上がり、刀をとって土間に下りた。

「俊太郎どの。父上をお借りする」

新之助は声をかけて外に出た。

藤次は隣に顔を出し、お京にあとを頼んだ。

「よし、行こう」

「いっしょにならないのか」

お京のことだ。

藤次は答えようとしない。

「返事はなしか」

「よけいなことに答える義理はない」

長屋木戸を出た。

稲荷《いなり》社を過ぎ、浜町堀まで行った。辻《つじ》番所の提灯《ちょうちん》の明かりが対岸に見えた。

「牢《ろう》内で囚人がひとり死んだ」

新之助は切り出した。

「明け烏の伝七という盗人だ。死後ふつかぐらい経っていたそうだ。窒息死だ。口と鼻に濡《ぬ》れた紙をあてがわれた可能性がある」

「俺が聞いても仕方ない話だ」

藤次は突き放すように言った。

「牢役人から知らせがあったのが今朝だ。殺されたのだ」

「俺には関係ない」

「まあ、聞け」

新之助は強引に続けた。

「亀吉がやったという証拠はない。牢内で、他の囚人の目をかすめて窒息死させることは難しい。だが、俺は亀吉を疑っている」

藤次は堀に目を向けている。荷足船がゆっくり大川のほうに向かった。

「亀吉は吟味の場で、ただ世間を騒がせたくてやっただけだと言った。人質になった女中も生命の危険は感じなかったと証言した。近々、お解き放ちになるだろう」

「俺が聞いたところでどうしようもない」

藤次はさらに冷めた声で言う。

「そなたが最初に言ったのだ。亀吉には魂胆があると」

「教えただけだ。あとは、そっちの問題だ」

「もし、亀吉が殺したのなら、なぜ殺したのか。個人的な恨みだろうか」

「さあな」

藤次は気のない返事をした。

「冷たいな」

「俺の仕事ではないと言いたいだけだ」

「手を貸してくれないのか」

「手を貸す義理はない。話が終わったなら帰る」

「ほんとうの息子ではあるまい」

「なに？」

「俊太郎のことだ。そなたの実の子ではない」

「きさま……」

藤次の声が震えを帯び、恐ろしい形相で新之助を睨《にら》んだ。

「俺は高月藩に出入りをしているのでな」

すべて知っていると、新之助は含み笑いをした。

各大名家では江戸に不慣れな勤番武士が町中で問題を引き起こすことを恐れていた。そのため、ことが生じたときに備え奉行所や同心に付け届けをしている。新之助は高月藩の江戸留守居役とは懇意にしていた。

「どうだ、協力してくれる気になったか」

汚い手を使いおって、と藤次は怒りが込み上げてきた。だが、願いを聞き入れなければ、ほんとうに俊太郎によけいなことを話すかもしれない。それだけは何があっても阻止しなければならない。

だが、このまま新之助の言いなりになるのもいやだった。

「騒がないことだ」

藤次はいまいましげに言った。

「騒がない？」

「そなたが騒がなければ、何事もなく終わるではないか。今まで、何らかの問題が持ち上がったわけではない。亀吉がどのような目的で牢内に入ったのだろうが関係ない。牢内で変死者が出るのは、珍しいことではないのだ」

「岩城藤次とも思えぬ言い条だ」

「はて。異なことを。何と言えば、俺らしいのだ」

「疑いを疑いのままにしておくのはそなたらしくない」

「そなたの勝手な言い分だ。俺は自分に関係ないことには関わりたくないのだ」

「俊太郎は、そなたを実の父親と思っているのだろう?」

「……」

「俺だって、このままで済むなら、これ以上は何も考えぬ。だが、あとで、亀吉は伝七を殺すためにわざと牢に入ったなどと明らかになったら、俺の立場がなくなるのだ。亀吉を捕まえたのは俺だからな」

「保身のためか」

藤次が侮蔑《ぶべつ》のように口元を歪《ゆが》めた。

新之助が何か言い返そうとする前に、なぜ、こいつにこんなことを教えてやらねばならん、と思いながら、藤次は言った。

「よいか。亀吉が伝七を殺したのだとしたら、その目的はなにか。なぜ、牢内で殺さねばならなかったのか」

「その理由に想像がつくのか」

「伝七がお白州で何かを喋《しゃべ》ってしまうことを恐れた者がいるのだ。その者が、亀吉を使って伝七を殺した」

「伝七の口封じ……」

「そうだ。お白州で、伝七は何かを喋る恐れがあったのだ。だから、亀吉を送り込んだと考えられる」

「なるほど」

「伝七の吟味の中身を調べるのだ」

「わかった」

「それから、亀吉だ。奴はただ者ではない。伝七を殺すために、わざと牢内に入ったのだとしたら、恐るべき胆力の持ち主だ。よほどその筋では知られた殺し屋かもしれぬ。その線からも、亀吉の素性を洗うんだ」

「わかった」

新之助は手がかりを得た思いで、藤次と別れた。

新之助は八丁堀に帰って来たが、自分の屋敷に向かわず、同心の高野錦吾の屋敷に向かった。

新之助の屋敷からそれほど離れていない。高野の屋敷に着くと、そのまま木戸門を入って行く。

新之助は玄関に立った。

「お願いいたします」

新之助は奥に向かって呼びかけた。しばらくして、用人が出て来た。

「これは稲瀬さま」

「夜分、申し訳ござらん。高野さまにお会いしたい。お取り次ぎを」

「少々お待ちください」

奥に引っ込んだ。

この時間、高野は酒を呑《の》んでいる頃だ。

明日《あした》にせよ、と言われるかもしれないと思ったが、戻って来た用人は新之助を客間に導いた。

「失礼する」

新之助は刀を腰から外して、用人に従って客間に行った。

お待ちくださいと言い、用人が去ってから、新之助はしばらく待たされた。四半刻《とき》(三十分)ほど経って、ようやく高野がやって来た。

「待たせたな」

高野は向かいに座った。

「いえ、夜分に押しかけて申し訳ございません」

「うむ」

酒臭かった。目の縁も少し赤い。やはり、高野は酒を呑んでいたのだ。楽しみのところを邪魔してしまったようだと、新之助は恐縮した。

「なんだ、用件とは？」

高野は催促した。

「お聞き及びかと思いますが。牢《ろう》屋敷にて死んだ伝七のことについてですが」

「伝七か」

高野は顔をしかめた。

「殺されたのではありませんか」

「病死という報告を受けておる」

牢屋敷では公式にそう決めたのだ。牢名主が病死といえば病死なのだ。それに異を唱えて調べたりすれば、牢内の秩序は保てなくなる。

「どうした、伝七の死に何か疑わしい点があるのか」

「はい。殺されたのではないかと」

「囚人たちの私刑にあったというのか」

「いえ、口封じではないかと」

「口封じ？」

高野は顔色を変えた。

「伝七を捕まえたときの様子はどうだったのでしょうか」

「うむ」

高野は思い出すように目を上に向けてから、

「伝七は、露月町の質屋に忍び込んだとき、たまたま厠《かわや》に行くために起きて来た手代に顔を見られていたのだ。その手代が偶然に町で伝七に出くわした。ちょうど、そこに俺が行き合わせたというわけだ。大番屋では、明け鳥の伝七と名乗り、大物振っていたが、たいした盗人ではない。取り調べではこれまでの押し入った先を得意そうにべらべら喋っていたが、盗んだ金はせいぜい十両か二十両だ」

「何か大きな仕事をしたということはないんですね」

「ない。盗んだ金で好きな女のところに通い、金がなくなったらまた盗む。そんな暮らしをしてきた男だ」

「最近、押し入ったのはどこなのでしょうか」

「三十間堀一丁目にある唐物問屋『長崎屋《ながさきや》』、その前が捕まるきっかけになった露月町の質屋だ。もっとも、『長崎屋』のほうは否定している」

「否定？」

「盗人に入られてはいないということだ」

「伝七はそこに押し入ったと言っているんですね」

「うむ。他の店と思い違いをしているのかもしれない」

「そうですか。で、伝七に仲間はいなかったのでしょうか」

「ひとり働きの盗人だからな」

「そうですか」

やはり、わざわざ亀吉が牢に侵入して命を奪わねばならぬ人物には思えない。

「では、吟味のとき、特に変わったことはなかったのですね」

「うむ。聞いていない」

「伝七はどこに住んでいたのですか」

「深川の佐賀町だ。油堀川のそばだということだ。長屋の連中は伝七が盗人だとは想像もしていなかったようだ」

「そうでしょうね。で、好きな女というのは？」

「仲町の岡場所の女らしい」

その女のことは長屋の連中にきけばわかるかもしれない。

「どうして、伝七が殺されたと思うのだ？」

「じつは、私が捕まえて牢送りにした亀吉という男に怪しい点が……」

そう言い、自分の疑念を高野に話した。

「つまり牢にわざと入る目的が伝七を殺すためだったというのか」

「はい。口封じのために」

「伝七は何を知っていたというのだ?」

「わかりません。そのことを知りたくて、高野さまにお話をお伺いに上がったのです」

「大番屋での取り調べでも特に変わったことはなかった。ただ」

ふと、高野は何かを思い出したようだ。

「いやに落ち着いていたことが気になる」

「落ち着いていた?」

「いや。それほど深く考えることでもないかもしれぬ。すっかり観念したのかもしれないからな」

「そうですか」

「伝七に特に変わったことはなかった。まあ、吟味の様子も聞いておこう」

「お願いいたします」

「もういいか。酒が冷めてしまうでな」

「はい。夜分、お邪魔しました」

新之助は頭を下げて腰を浮かせた。

なにかすっきりしない。調べれば調べるほど、伝七にも亀吉にも怪しいところはなくなってきた。

藤次の考え過ぎか。どうも、俺は藤次を過大評価しているのかもしれない。そんなことを思いながら、屋敷に帰った。

第二章　殺し屋

一

翌日の昼、新之助は岡っ引きの儀八とともに永代橋を渡った。橋の途中から冠雪した富士がくっきり見えた。きょうも晴れている。

「いつ見ても美しいものだ」

途中、新之助は立ち止まって富士を眺めた。

ほんとうはこのまま先に行くべきか迷ったのだ。深川の佐賀町に、明け烏の伝七が素性を隠して住んでいた長屋がある。そこに向かうところだった。

だが、無駄なような気もしている。そもそも、亀吉がある目的を持って牢内に入り込んだという見方そのものが間違っているのではないか。仮に、そうだったとしても、伝七を殺すためだったという考えが正しいとは限らない。いや、そうだという証拠はない。

「旦那《だんな》。どうしたんですかえ」

儀八がきいた。

「いや、なんでもねえ。よし、行くか」

ここまで来たのだからと、新之助は気を取り直した。

橋を渡り、佐賀町に向かった。

その長屋はすぐ見つかり、木戸をくぐる。

井戸端にいた中年女が儀八を見て顔色を変えたが、新之助に気づいて急に愛想笑いを浮かべた。

「伝七のことできゝたい」

「なんでしょう？」

女は手拭《てぬぐ》いで手を拭《ふ》きながら言う。

「伝七が死んだことは知っているな」

「ええ、驚きましたよ。それより、伝七さんが盗人だったこともびっくり」

女は大仰に顔をしかめた。

「伝七はどんな人間だったんだ？」

「人当たりがよくて、よく気のきくひとでしたよ。ときたま、稲荷寿司《いなりずし》を買ってきて長屋の連中に配ったりして気前がよかったんです。盗人だって知って、だからなんだと思いました」

女は話好きのようだ。

「捕まる前、伝七にいつもと違う様子はなかったか」

今回の変死につながる何かがあったかもしれないのだ。

「いえ、何も。ただ、ひと月前から、考え込んでいることが多くなって、すれ違っても気がつかないことがたびたびありました」

「考え込んで？」

「ええ。いつもにこにこしているのに、結構深刻そうな顔をしていました」

「ふだんは何をしていたんだ？」

「煙草の荷を背負って出かけていました。でも、それほど商売に熱心ではなかったようです」

「誰かから恨まれているようなことはなかったか」

「さっきも言いましたけど、人当たりがいいので、ひとさまから恨まれるようには思えませんでしたけど」

礒八は他にきくことがないかというように新之助の顔を見た。

「伝七と仲良くしていた者はいるか」

今度は新之助がきいた。

「隣の留《とめ》さんとは歳が近いので、結構気があっていたみたいですけど。左官屋の留吉《とめきち》さんです」

「いま留吉はいるか」

「仕事ですよ。夕方でないと帰りません」

「普請場はわかるか」

「確か、伊勢崎《いせざき》町の海辺橋の近くだと言ってました」

「そうか」

「すまなかったな」

新之助は礼を言ってから大家の家に向かった。

長屋木戸の横で荒物屋をやっている大家は渋い顔で出て来た。

「伝七のためにひどい目に遭いました。私もさんざん絞られました。ただ、罰金は負けてもらいましたが」

大家は不満を口にした。店子《たなこ》から縄付きが出たら連帯責任を負わされる。伝七が長屋に越して来る以前からの根っからの盗人だったことで、素性を見抜けずに店子にした責任を問われたのだ。

「とんだ災難だったな」

儀八がなぐさめる。

「ええ」

大家は大仰なため息をついた。

「ところで、伝七を訪ねてくる人間はいたか」

「いえ、誰も」

「亀吉という男を知らないか」

「亀吉ですか。いえ」

「そうか。伝七には岡場所に気に入った女がいたようだが、その女を知っているか」

「そういえば、伝七が捕まったあと、留吉がそのようなことを言ってました。仲町の女だそうですが、詳しいことは存じません」

その他、幾つか聞いたが、これといった手がかりもなく、新之助と儀八は伊勢崎町に向かった。

風も暖かく、陽射しも春らしく明るい。柔らかい陽光を浴びていると、やはりいま目指していることは見当外れのような気がした。

亀吉と伝七は何の接点もない。また、伝七が殺し屋に命を狙われるような理由はない。ただ、疑いを完全に拭《ぬぐ》い去らないと、またぞろ疑念が浮かぶ。この際、完全に亀吉と伝七の問題にけりをつけようと思った。

仙台堀に出て上の橋を渡る。すぐ左は大川だ。橋を渡って右に折れ、堀沿いを行く。

やがて伊勢崎町に入った。右前方に海辺橋が見えて来た。儀八が先に駆け出して行った。新之助が海辺橋に近付くと、儀八が通りに戻って来た。

「普請場はこっちです」

儀八が横町に入った。

米屋の隣に普請中の家があり、法被を着た大工や瓦《かわら》職人、左官屋などが働いていた。壁塗りをしている男がふたりいた。

普請中の家を見上げている大工の棟梁《とうりょう》らしき風格の男に儀八が声をかけた。

「すまねえな。左官職の留吉はいるかえ」

「これは旦那に親分さん。いってえ、何ごとで？」

「教えてもらいたいことがあるのだ。なあに、すぐ終わる」

「そうですかえ。留吉はあそこで壁を塗ってます。若いほうです」

棟梁は指さした。

「手を休ませてしまうが、ちょっと呼んでもらっていいかえ」

「構いませんよ」

そう言い、棟梁は大きな声で、

「おう、留吉」

と、呼んだ。

壁を塗っていた手を止め、留吉が振り返った。

すぐ鏝《こて》を置き、留吉は近付いて来た。

「親分さんがききたいことがあるそうだ」

棟梁が言うと、留吉は新之助と儀八に会釈をした。

「他でもねえ。伝七のことだ」

「へえ」

「伝七とは仲がよかったようだな」

「へえ、隣同士で歳も近かったんで、よく話はしました。でも、あのひとのことはよく知りません。自分のことはあまり喋《しゃべ》りませんでしたから」

「伝七が盗人だったことは知っていたのか」

「とんでもない。伝七が捕まってから知ってびっくりしたんです」

「そうか」

儀八は頷《うなず》いてから、

「伝七には好きな女がいたそうだな」

「へえ、仲町の『さと屋』という娼家《しょうか》の女です」

「名は?」

「おくにです」

「どうして、知っているんだ？」

「じつは『さと屋』でばったり出くわしたんです。それからです、親しく話をするようになったのは。といっても、深入りはしませんでしたが」

「このひと月ぐらい、伝七の様子に変わったことはなかったか」

新之助が口を開いた。

「いえ、特には。ただ、深刻な顔をしていることが多くなりました。どうかしたのかとききましたが、何も教えてくれませんでした」

「そうか。伝七には仲間がいたかどうかわからないか」

「訪ねて来る人間はいませんでしたけど……」

留吉は小首を傾げ、考える仕種《しぐさ》をした。

「何か？」

「一度、油堀川のそばで伝七さんが年配の男と話し込んでいるのを見かけたことがあります」

「年配の男？」

「四十半ばぐらいでしょうか。四角い顔をした小肥《こぶと》りのがっしりした体つきの男でした。なんだか深刻そうに話し込んでいたので、よく覚えています」

「見掛けたのはいつだ？」

「ひと月ほど前だったと思います」

「その男の顔を見ればわかるか」

「ええ、わかると思います」

その男が何者で、なんのために伝七と会っていたのか。だが、その男を探す手がかりはなかった。

「もう、いいでしょうか。仕事が残っているもんで」

「うむ。すまなかった」

留吉が持ち場に戻るのを見送ってから、新之助と儀八は普請場から離れた。


海辺橋を渡り、仲町に向かった。

大きな料理屋の裏手に、『さと屋』があった。昼間から戸口では白粉《おしろい》を塗りたくった若い女が客引きをしていた。

新之助と儀八を見て、愛想笑いを消した。

近づいて、儀八が声をかけた。

「おくにはいるか」

「私ですけど」

警戒気味に答えた。

「おくにか」

「なんですか。私、何もしていませんよ」

おくには先回りをして言った。

「おまえのことではない。伝七のことだ」

「伝七さんのこと？」

おくには目を丸くして言う。

「盗人だったなんて、まったく知りませんでしたよ。あっ、こんなところにいられたら、お客さんが近づいて来られないじゃないですか」

おくには気がついたように言い、中に招じた。

狭い土間の横に梯子段《はしごだん》がある。反対側にある内所から亭主が顔を覗《のぞ》かせた。こっちの素性に気づいて、あわてて出て来た。

「これは旦那《だんな》に親分さん、いったい何が？」

亭主が探るようにきいた。

「伝七のことを、おくににききに来たんだ。すぐ、終わる」

礒八が答える。

「まさか盗人だったとは……」

亭主も驚いたように言う。

「ここではどんな様子だった?」

儀八はどちらへともなくきいた。

「気前のいいお客でした」

亭主が答えると、おくにも頷いた。

「最近、伝七にいつもと違う様子はなかったか。たとえば、何かに怯《おび》えているとか」

「いえ、そんなことはありませんでしたよ。かえって元気いっぱいでした」

「元気いっぱい?」

「ええ、だって、私を身請けすると言ってましたから」

「そうです。あのひとはおくにを本気で身請けするつもりだったようです。私にもいくら必要かときいて来ましたから。でも、身請けしても、その後、ちゃんとした暮らしをさせてやれるんですかってきいたら、心配ないと言ってました。そのうち、まとまった金が手に入るのでと」

「まとまった金だと」

思いがけぬ話に、新之助は頭の中で何かが弾《はじ》けた。

「はい。かなり自信たっぷりでした。盗人だから金を使うにためらいがなかったんですね。捕まってようございましたよ。そんな男に身請けされたら、おくにはどうなっていたか」

「何をしてまとまった金が手に入るのか、見当はつかないか」

「さあ、わかりません」

おくにも亭主も首を横に振った。

「四十半ばぐらいの、四角い顔をした小肥りのがっしりした体つきの男を知らないか」

新之助は念のためにきいた。

「いえ、知りません」

ふたりとも、ほぼ同時に答えた。

その他、いくつか訊《たず》ねたが、手がかりになるような答えはなかった。

『さと屋』をあとにしてから、礒八がきいた。

「まとまった金が入るということが気になりますね」

「やはり、伝七は何かをしようとしていたんだ。だが、何者かがそれをさせまいとした」

「でも、何かをしようとしても、牢《ろう》に入っている男に何が出来るっていうんですかえ。伝七はよくて遠島。もう、娑婆《しゃば》には戻れないんじゃないですかえ」

「もし、伝七を恐れていたとしたら、吟味の場で何かを喋《しゃべ》ることかもしれない。それを恐れた人間が、亀吉を使って伝七を殺した」

そう考えたものの、わからないのは、ひとり働きの盗人が何者かの秘密をどうやって嗅《か》ぎ出したというのか。

どこかに忍び込んで、何かを目撃した。たとえば、ある商家に忍び込んだとき、ひと殺しの現場を目撃した。それで、その商家の旦那を脅迫した。そういう図式だ。

だが、それにしても、吟味の場でそのことを口にしても、当該の商家でとぼければすむ話だ。証拠は始末しているだろうから。周辺でいなくなった人間がいたとしても、うまく言い繕うことが出来る。そう考えれば、危険を冒してまで牢内に殺し屋を送り込む必要はない。

やはり、俺の考え過ぎか。だが、まとまった金が入るということが気になる。身請けして、さらにおくにの暮らしを守るほどの額だ。それほどの金がまっとうなやり方で手に入るはずはない。

ひょっとして、他の盗賊が盗んだ金の隠し場所を知ったのか。その隠し場所を吟味の場で喋られたら困ると思ったか。

しかし、それなら、隠し場所を変えればよいだけの話だ。

わからない。これ以上は調べようがなかった。あとは、亀吉の周辺を調べることだが、何も得られないような気がした。新之助は無念の思いをかみしめるしかなかった。

ふつか後。雨雲が広がり、いまにも降り出しそうだ。風も冷たい。

亀吉に裁きが下る。その知らせを受けて、新之助は数寄屋橋御門を抜けて、お濠《ほり》端の柳の木の陰から様子を窺《うかが》った。

そろそろお奉行、吟味与力立会いのもとに、江戸十里四方追放の刑が宣告されるころだ。

新之助は亀吉がやって来るのを待った。どんな顔をして出て来るのか、ひと目見ないことには気が治まらなかった。

どんよりとした空の下、奉行所の小者に縄尻《なわじり》をとられ、与力と同心に付き添われた亀吉の姿が見えた。

亀吉は数寄屋橋御門を抜け、目の前に差しかかった。新之助は一歩前に出た。

亀吉には余裕がある。短期間とはいえ、牢屋敷にいたとは思えない元気さだ。やはりただ者とは思えない。

もし、亀吉が殺し屋なら、仕事を成功させ、堂々と引き上げて行く晴れ姿を新之助に見せていることになる。

（亀吉、おぬしはいったい何者なのだ？）

新之助は内心で呼びかけていた。

二

翌日の朝、藤次は大伝馬町の『松葉屋』の暖簾《のれん》をくぐった。

亭主の三蔵が帳場格子から立ち上がって来た。

「岩城さま、お待ちしておりました。ご指名でございます」

「指名とな？」

「はい。先日の元浜町に住むお砂さんがお出《い》でになり、また、仕事を頼みたいということです」

「妙だな」

「妙と申されますと？」

「いや。こっちのことだ。で、依頼の内容は？」

もはや、旦那の久右衛門を狙う者はいない。済んだはずだと思ったのだが……。

「詳しいことはお会いしてからということだそうです」

「あいわかった。ともかく、行ってみることにする」

何か異変が起きたのかもしれない。

「では、よしなに」

藤次は『松葉屋』を出て、浜町堀に向かった。

旦那《だんな》の久右衛門は単なる商家の主人とは思えない。武術の心得があると睨《にら》んでいる。ならば、用心棒などを雇うまでもなく、自分の手で身を守ることが出来るはずだ。

あの男なりに事情があるのだろうが、藤次には理解出来ない。

千鳥橋の近くの路地の奥まったところにあるお砂の家にやって来た。

門をくぐり、格子戸を開ける。

「ごめん」

藤次は声をかけた。

はいと返事がして、すぐにお砂が現れた。

「まあ、岩城さま。さっそくいらしてくださったのですね」

「『松葉屋』から聞いたが、また久右衛門どのに何か」

「ええ。さあ、上がってくださいな」

「うむ。ごめん」

藤次は刀を外して部屋に上がった。

居間に行くと、お砂は長火鉢の銅壺《どうこ》で酒に燗《かん》をつけた。

「話を聞こうか」

藤次は催促する。

「まあ、せっかくですからいっぱい召し上がってくださいな。さあ」

「いや。久右衛門どのがいないのに酒を馳走《ちそう》になるわけにはいかぬ」

「そのような固いことを言わないで。いっぱいだけでもおつきあいくださいな」

お砂はしなを作った。

「それに、不調法なもので」

藤次は遠慮した。

「まあ」

お砂はちょっとしらけたような顔をしてから、

「ほんとうにお固いんですねえ」

と、呆《あき》れたように言った。

「話を聞きましょう」

藤次は毅然《きぜん》として言う。

「わかりました。では、お願いしたいことを言いましょう。今度は私を守っていただきたいのです」

「おかみさんを？」

藤次はお砂のことを妾《めかけ》でもおかみさんと呼んだ。

「はい。また、怪しい人間が家の周囲をうろついているのです。それも、昼間から。

いえ、決して、私に危害を加えようとしているとは思えないのですが、なんとなく薄気味悪くて。せめて、夜だけでもいてもらおうかと思って」

　お砂は少し肩をすくめた。

「久右衛門どのはいらっしゃらないのか」

「はい。大事な商談があるとかで、しばらくはここに来られないのです。それで、岩城さまにお願いを。旦那がそうしろというものですから」

「そうですか。しかし、女子《おなご》のひとり住まいの家に夜通し居すわるわけにもまいりません。他にどなたか、手伝いの者などはいないのですか」

「私、ひとりだけ。でも、心配なさらないで。怪しいひと影は五つ半（午後九時）にはいなくなります。ですから、それまでの時間、家にいてくだされば。お侍さんが家にいるとわかれば、それ以上のことは出来ないと思います」

「わかった。では、暮六つ（午後六時）から五つ半まで、お守りすればよいのかな」

「はい。そうしてくださいな」

　それほど深刻な相手ではなさそうだと、藤次は思った。近所の若者がお砂に興味を示し、旦那のいない留守を狙ってちょっかいをかけようとしているのかもしれない。

「では、今宵《こよい》、暮六つまでに参ります」

　腰を浮かしかけたとき、

「あっ、待って」

と、お砂が声をかけた。

すぐに懐にはさんであった懐紙の包みを取り出して寄越した。

「前金で」

受け取ってから、藤次は包みを開いた。三両入っていたうち一両だけとって、あとは返した。

「多うござる」

「でも」

「先日の旦那の警護のほうがはるかにたいへんであった。そのときと同じ報酬をもらうわけにはいきません」

「でも、これは旦那から出ているのですから、どうぞ遠慮なく」

「いや。これで十分」

金は多いに越したことはない。

だが、意地汚くはなりたくなかった。正当な報酬でもって、俊太郎を育てて行きたい。そう自分に言い聞かせているのだ。

改めて、藤次は立ち上がった。

昼に塾から帰った俊太郎は昼飯を食べてから、手習いの稽古場《けいこば》に行った。そして、七つ（午後四時）に帰ってから、河岸にある稲荷《いなり》社の裏に行き、今度は剣術の稽古だ。

朝は木剣で素振りをさせるが、夕方は木剣を持って打ち込みをさせる。お京が可哀そうだと称したほど、俊太郎には過酷な稽古をつけた。

藤次には焦りがあったのかもしれない。新之助に指摘された言葉がまだ矢尻《じり》のように胸に突き刺さっている。

「ほんとうの息子ではあるまい」

「俊太郎は、そなたを実の父親と思っているのだろう?」

俊太郎はいま六歳。十四、五歳での元服まで十年を切った。なんとしてでも、それなりの人物に育てなければならない。それが、自分の役目なのだと、藤次は思っている。

「さあ、腰を入れてかかってこい」

俊太郎は夢中で木剣を振るってきた。木剣をはじくと、俊太郎の体は大きくよろけた。

「さあ、来い」

「はい」

木剣を構えて、俊太郎は突進してきた。

体をかわし、木剣を叩《たた》く。あっと悲鳴を上げて、俊太郎は木剣を放した。

「何をしておる。早く拾え」

俊太郎はしゃがんで木剣に手を伸ばしたが、うまく握れない。手がしびれているのだ。

お京がきょうもこの様子を窺《うかが》っている。

西の空に太陽が沈みかかった。

「よし、これまで」

稽古を終えると、俊太郎はよろけた。あわてて、お京が駆け寄った。

いつもより早めに夕食をとり、あとをお京に頼んで、藤次は元浜町のお砂の家に向かった。

母親の味を知らない俊太郎はお京を実の母親のように慕っている。そのことでほっとする反面、そんな俊太郎が不憫《ふびん》でもあった。

元浜町のお砂の家にやって来た。

「さあ、どうぞ」

藤次は居間に通された。

酒膳《ぜん》の支度が出来ていた。ちらっと目をやってから、

「私は結構」

と、先に言った。

「そうですか。では、私は勝手にやらせていただきますよ」

そう言い、お砂は猪口《ちょこ》を手にした。

「うむ。ちょっと家の周囲を見回ってこよう」

「待ってくださいな。まだ、いいじゃないですか。そこに座っていてくださいな」

お砂は鼻にかかったような声で言う。

手酌で酒を注ぎ、お砂は猪口を口に運ぶ。

「岩城さまはどうしてご浪人になったの。よかったら、聞かせていただきたいわ」

「話すようなことではありません」

藤次は真顔で言った。

「そう。せっかく、お強いのにもったいないわねえ。どこかに仕官なさらないの？」

また、手酌で酒を注ぎながらきく。

「仕官の口などありません」

「そう。その腕をもっと生かさないともったいないわ。もし、よかったら、旦那《だんな》にどこかの道場とか世話してもらったらいかがかしら」

「いえ、いまもこうしてお仕事をいただいておりますから」

「そう」

「ひとつきいてよろしいか」

藤次は言った。

「なんですか」

「久右衛門どのは、本郷のほうの木綿問屋の旦那だと聞いているが、それはまことか」

うふっと、お砂は笑った。

「違うのだな」

「あら、どうしてそう思われるのですか」

「商家の主人にしては豪胆さがある。仮にいまが商家の旦那だとしても、前身はかなり修羅場をくぐるような仕事をしてきたお方ではないかと睨《にら》んだ」

「そうですか。さすが、岩城さまの目は鋭いですね」

お砂は笑った。

「いまは堅気然としていますが、元はといえば銚子《ちょうし》の博徒ですよ。それが、どういう縁か、行徳河岸にやって来て海産物問屋『江差屋《えさしや》』の婿養子になり、いまでは主人」

「海産物問屋の『江差屋』？」

「ええ。木綿問屋の旦那というのは嘘。ほんとうは行徳河岸にある『江差屋』の主人ですよ。私を囲っていることを知られたくないんでしょう。なにしろ、ここは行徳河岸まで近いですからね」

なんでもないように、お砂は言う。

「いま、拙者に話したが、いいのか」

「岩城さまなら問題はありませんよ。よそで言いふらすようなお方じゃないことはわかります」

六つ半（午後七時）をまわった。

「少し、外の様子を見てこよう」

藤次は外に出た。

お砂が何者かに狙われているということがあり得るだろうか。久右衛門が狙われ、今度はお砂だという。久右衛門といい、お砂といい、何か魂胆を隠しているように思えてならない。だが、それが何かはまったくわからなかった。

万が一、家を出た隙に、賊に押し入られる可能性もあり、お砂に鍵《かぎ》を閉めるように言った。

藤次は門の外に出て、その場に佇《たたず》んだ。

路地の奥まったところにやってくるひと影はない。左右を見回しても、ひとの気配はない。風がそよと吹いているだけだ。

藤次は家の裏手にまわった。忍び返しのついた高い塀も、庭の松の樹を利用されて賊が侵入したばかりだったが、久右衛門はあのあと、植木屋に枝を切らせた。これなら、よほどのことがない限り、塀を乗り越えることは難しいだろう。

お砂に合図をし、格子戸の心張り棒を外してもらい、藤次は家に入った。

そして、そのまま何事もなく時間が経過した。何かあったら困るので、辺りの気配に注意を向けている。

五つ（午後八時）の鐘が聞こえた。そのとき、お砂の悲鳴が聞こえた。二階からだ。

藤次は梯子段《はしごだん》を駆け上がった。

窓辺にお砂がいた。藤次は近づいた。

「どうした？」

「外にひとが」

お砂の横に立って、藤次も外を見た。裏の家の塀の角にひと影があった。が、暗くて顔まではわからない。

「ちょっと、あそこまで行って来る」

「いや。怖いわ」

お砂が藤次にしがみついた。

「だいじょうぶだ」

「待って」

しがみついたまま、お砂が言う。

「こうしているところを見せつければ、あの男は諦《あきら》めるかもしれないわ」

お砂はしなだれかかった。

藤次は戸惑った。男はまだ見ている。

「行ってみる」

藤次はお砂の手から逃れようとした。

「いまから下りて行っても逃げられてしまうわ」

「屋根から下りる」

お砂の手をどかし、藤次は窓に足をかけ、瓦《かわら》屋根に出た。そして、屋根の斜面を端まで行き、跳躍した。

塀を乗り越え、着地し、男がいた場所に走った。が、もはや、そこに誰もいない。

二階の窓に、お砂の姿が見えた。

男はここで二階の窓に顔を出すお砂を見張っていたのか。

ひとまわりしたが、ひと影はなく、藤次は家に戻った。

「いなかった」

「もう帰ったんだわ」

お砂は安堵《あんど》した表情で、

「あの男に、岩城さまとの仲を見せつけることが出来たから、もう安心出来そう」

と、気楽に言った。

「そんなことで諦めるかどうか」

藤次は疑問を呈した。

五つ半（午後九時）をまわり、藤次はお砂の家を出た。

難波町まで浜町堀沿いを行く。夜道を急いでいると、微《かす》かにつけられている気配がした。あるかないかの気配だ。ただ者ではない。さっきの窓の下にいた男だろうか。

途中、藤次は道を折れた。わざと、高砂町を突っ切った。

尾行者も曲がった。藤次は気づかぬ振りをしてとっとと歩いていたが、途中、気配がなくなった。

諦めたのではない。こっちが尾行に気づいたのに、向こうが気づいたのだ。振り向いて、冷たい風だけが吹き抜けるひと気のない夜道をずっと見続けていた。

翌日の夕暮れ、お砂の家に向かうために長屋木戸を出たとき、笠《かさ》をかぶり、紺の股《もも》引《ひ》きに着物を尻端折《しりはしょ》りした男が踵《きびす》を返して去って行った。

なんとなく気になったが、藤次はそのまま浜町堀沿いの通りに出て、お砂の家に向かった。

お砂の家に着いた。戸口の前で、藤次は立ち止まった。気配を察し、振り返った。だが、怪しい人間はいなかった。

お砂の家に上がった。

「岩城さまは夕飯は？」

「食べてきました」

「そう。じゃあ、私は夕飯をいただきます」

「隣に行っています」

「いいんですよ」

「いえ」

藤次は隣の部屋に移った。

四半刻《とき》（三十分）足らずで、夕餉《ゆうげ》を終え、お砂が居間に藤次を呼んだ。

「お茶を召し上がって」

居間に行くと、茶を出してくれた。

「いただきます」

藤次は湯飲みを持った。

「岩城さま、じつは、旦那《だんな》から頼まれているの」

長火鉢の向こうに座って、お砂が切り出した。

「何でござるか」

「岩城さまを旦那のお店で雇いたいそうなの。月々の手当ても多く出してくれると思うし、どうかしら?」

「ありがたいお話ですが、長年の浪々の暮らしが染みついて、いまさらどなたかに雇われることなど考えられません。久右衛門どのにはよしなに」

「そうですか。残念だわ。岩城さまの『大蔵屋』での活躍を聞いて、旦那はすっかり岩城さまにご執心なんです」

「買いかぶっておられるようです」

「いえ、そんなことはないわ」

「どれ、外を見まわってきましょう」

「きょうの昼間は変な人間はいなかったわ。きのうのことがきいたんじゃないかしら」

「油断してはいけません。また、私が外に出たら、念のために戸締りをしてください」

「そう」

気乗りしないように、お砂は玄関に向かう藤次について来た。

外に出た。家のまわりを調べ、庭にも目を配り、家に戻った。

「怪しいひと影、ないでしょう」

「ええ」

「きっと、もう来ないと思うわ」

「どうして、そう思うのですか」

藤次はやはり何か違和感を覚えた。お砂には、怪しい人間に狙われているという怯《おび》えがない。

しかし、依頼主であることは間違いないので、約束どおりに用心棒としての務めを果たさねばならない。

五つ半（午後九時）が過ぎた。

「では、私は」

藤次は立ち上がった。

「私が出たら必ず心張り棒を支《か》ってください」

「はい」

藤次は格子戸を開けて外に出た。

門を出ようとしたとき、斜交《はすか》いの家の路地の暗がりにひとが立っているのがわかった。

笠をかぶり、紺の股引きに着物を尻端折りした男だ。武士ではない。だが、その大胆な態度は並の人間ではないことを窺《うかが》わせた。

そのとき、はじめて相手から殺気を感じた。次の瞬間、男の姿は闇に消えていた。

狙いはお砂ではない。この俺だと、藤次は悟った。いったい何のために……。まさか。またも殿が新手の刺客を……。並外れた胆力の持ち主である敵の登場に、藤次は握りしめた手に汗をかいていた。

三

翌日。いつもと変わらぬ朝が来て、新之助は銭湯から帰って飯を食い、髪結いに髪と髭《ひげ》を当たってもらう。いつもと同じだ。

「旦那。何かありましたかえ」

髪結いが髷《まげ》を結いながらきいた。

「どうしてだ?」

新之助はきいた。

「なんだか、ときたまため息なんてついてましたから」

「ため息？　自分じゃ気づかなかった」

亀吉が牢《ろう》を出た。もう、ことの真相はわからないままだ。そのことが頭の隅にあって悶々《もんもん》としている。

「へい、お疲れさまでした」

髪結いが肩の手拭《てぬぐ》いを外した。

「うむ、ごくろう」

新之助は弱々しく応じた。

道具を片づけ髪結いが引き上げるのと入れ代わって、小伝馬町の牢屋敷の牢屋下男がやって来た。先日の男だ。

「木田さまからのお言伝《ことづ》てにございます」

やはり、牢屋同心木田伊兵衛の使いで来たのだ。

「助五郎と会う機会を設けたので、すぐにお出《い》でくださいとのことにございます」

「なに、牢名主の助五郎か」

新之助は迷った。

亀吉がまだ牢内にいるならすぐに飛びついただろうが、いまは興味も薄らいでいる。だが、せっかくの木田伊兵衛の好意を無にしてはならない。今後のこともある。

「よし、すぐ行く。木田どのにはよしなに」

新之助は答えた。

それから四半刻(三十分)後、新之助は小伝馬町の牢屋敷にやって来た。

木田伊兵衛が迎えに出て、

「牢名主の助五郎が腹に痛みを訴えたのです。そこで、牢屋医師が調べることになった。場所は牢から見えない牢庭にしました。そのとき、助五郎に話しかけてもいいという上役の許しを得ました」

上役とは鍵《かぎ》役同心のことだ。助五郎を見込んで牢名主に任命したのも鍵役同心だ。

「そうですか。ありがたい」

いちおう、木田伊兵衛の骨折りを無にしないように、新之助は大仰に言った。

「ただし、この前も話したように、牢内のことに関して口は固い。まず正直に語ってもらうのはかなり難しいということは承知しておいてください」

「わかっています」

もはや、何も語ってくれなくともよいのだ。

それからしばらくして、牢屋医師が牢獄のほうに向かった。新之助も伊兵衛といっしょにあとに従った。

牢屋下男に連れられて、大柄な囚人が牢庭に連れて来られた。髭が白い。浅黒い顔に大きな目。凄《すき》まじい形相だ。鍵役同心が目をつけただけあって、挙措にも落ち着きがある。悪党の中でもそれなりの人物なのであろう。

「ここに」

医師がそばに敷いてある筵《むしろ》を示した。

助五郎は素直にあぐらをかいた。

「仰向けに寝てもらおうか」

医師も白髪が目立つ。

助五郎はおとなしく仰向けになった。医師は胸をはだけさせた。肋骨《ろっこつ》の浮きでた助五郎の胸は痛々しいほどやせていた。

医師は助五郎の腹を指先で押していく。ある箇所になると、

「いてえ」

と、助五郎が小さく唸《うな》った。ほんとうはかなり痛いのではないかと思った。

「ここか」

「そうだ。そこがいてえ」

医師はその周辺を押していく。ときたま、助五郎は顔をしかめた。

「よし。もういいぞ」

医師は言う。

助五郎はゆっくり起き上がった。衣服を整える。

「どうだね、先生」

助五郎はきいた。

「大事ない。あとで薬を届けるからちゃんと呑《の》むのだ。すぐ治る」

「そうかえ。別に惜しい命じゃねえが」

医師が立ち上がったあと、伊兵衛が助五郎に声をかけた。

「南町の稲瀬新之助どのが、おまえにききたいことがあるそうだ」

そう言い、新之助を引き合わせた。

「先日死んだ伝七のことだ」

新之助は助五郎の前にしゃがみ込んだ。

「何の話ですかえ」

わざと助五郎はとぼけたように見える。

「なぜ、伝七は死んだんだ？」

「あれは病死ですぜ」

「同じ時期に、亀吉という男が入っていたな。亀吉が伝七に何かをしたのではないか」

明確な答えは最初から期待していない。

「旦那《だんな》。何かってなんですね。牢内の人間が気づかないうちに死んでしまった。そういうことです。牢内ではよくあることですぜ」

やはり、伊兵衛の言うとおりだ。助五郎がほんとうのことを喋《しゃべ》るはずがない。

「亀吉と話したか」

「話という話はしていませんぜ。旦那、亀吉のことを気にしているようですが、亀吉に何の疑いがかかっているんですかえ」

助五郎は油断ならぬ目を向けた。

「亀吉はわざと事件を起こして捕まったようだ。牢内に入ることが目的だったのに違いない。そして、伝七が変死し、亀吉はお解き放ちになった。亀吉の思惑どおりの結果になった」

新之助は大胆に言い切った。

「伝七はどうして殺されなければならなかったんですかえ」

助五郎がためすようにきく。

「わからぬ。伝七はひとり働きの盗人だ。わざわざ、牢内に入ってまで殺さねばならぬのか理由が見つからぬ。だが、伝七はどこかに忍び込んだとき、そこで何らかの秘密を知った。そこで秘密を知られた連中が口封じのために、亀吉を使って始末した。そうに違いないのだ」

「だが、残念ながら、証拠はなにひとつない。そういうわけですね」

助五郎は嘲笑《ちょうしょう》のように口元を歪《ゆが》めた。

「そのとおりだ。何のために伝七は殺されねばならなかったのか。皆目わからん」

「お言葉を返すようですが、伝七は病死ですぜ」

助五郎は冷や水を浴びせるように言った。

「検死した牢屋医師は殺されたと言っている」

「それは旦那が殺しではないかと迫ったからそういう答えをしたんじゃありませんかえ。あっしらにははっきりと病死だと言いましたぜ。なんなら、ここに先生を呼んでもらい、この場でどっちかはっきりさせましょうや」

助五郎はにやついていた。

検死のあと、牢屋医師は牢役人から袖《そで》の下をもらっているのだ。明らかに殺しであっても、病死として方をつける。牢内のことはいっさい牢名主の裁量に任せる。それが牢内の秩序を守ることになるのだ。

「それには及ばぬ。こっちに分はない」

新之助は悔しそうに言う。

証拠がないのだ。助五郎が嘘をついていたとしても、新之助にはどうすることも出来ない。

「よぶんな時間をとらせてすまなかった。体をいとえ」

助五郎に声をかけ、新之助は立ち上がった。

助五郎が意外そうな顔をした。急に、厳しい顔になり、

「旦那。ひとつだけ教えてやるよ。耳を貸しな」

筵の上にあぐらをかいたまま助五郎が言う。

新之助は助五郎の目が鈍く光ったのを見た。

「よし」

新之助は助五郎の前にしゃがみ、耳を顔に向けた。

「もっと近くだ。聞き逃しても、一度しかいわないぜ」

助五郎はもったいぶる。

新之助は耳を助五郎の口に近づけた。

「亀吉の正体は死神の蔦吉《つたきち》という殺し屋だ」

低い声で、助五郎は臭い息と共に吐き出した。

「死神の蔦吉？」

「それ以上は言えねえ」

「なぜ、教えてくれた？」

「なぜかな。旦那が気に入ったせいか。それに、あの男、不気味だった。俺たちでさえ逆らえない凄味《すごみ》があった」

「蔦吉が伝七を殺したんだな？」

確かめたが、もう助五郎は立ち上がろうとして、

「おい、連れて行ってくれ」

と、牢《ろう》屋下男に声をかけた。

新之助は呆然《ぼうぜん》とした。亀吉は死神の蔦吉という殺し屋だという。助五郎は、伝七は殺されたのだと教えてくれたのだ。

牢に向かう助五郎の背中を見送りながら、助五郎も死神の蔦吉を恐れていたのだと思った。

潮が引くように興味の失《う》せた事件が再び新之助に、今度は大きな波のように襲って来た。


牢屋敷から奉行所にやって来た新之助は同心詰所に入った。

定町廻《まわ》りの中では異例に若い新之助にとって他の同心はみな先輩だ。新之助が定町廻りに抜擢《ばってき》される以前のことなら、朋輩《ほうばい》にきけばよい。そう思ったが、この時間、定町廻り同心は町廻りのために出払っていた。

そのとき詰所に入って来た同心がいた。顔に深い皺《しわ》が刻まれている。臨時廻りの上《うえ》里新兵衛《さとしんべえ》だった。

臨時廻りは定町廻りを長らく務めた者がなる。新之助が定町廻りになったとき、いっしょに町廻りに出て、指導してくれたのが上里新兵衛だった。

「上里さま」

「新之助か。どうした？」

　上里がきいた。

「ちょっと教えていただきたいことがあります」

「なんだ。おい、茶をくれないか」

見習い同心に声をかけ、上里は部屋に上がろうとせずに上がり框《かまち》に腰を下ろした。

「すぐ出かけねばならぬのだが、きこうか」

「はい」

新之助は土間に立ったまま口を開いた。

「死神の蔦吉をご存じでしょうか」

「……」

　上里からすぐに返事はなかった。

「どこからその名を？」

　やっと、上里がきいた。

「先般、捕まえた亀吉のことが気になり、いろいろ調べているうちにその名を耳にしました」

牢名主の助五郎から聞いたとは言えなかった。

「上里さま。教えてください。死神の蔦吉というのは？」

「じつはよくわからないのだ」

「わからないとは、どういうことなのですか」

「六年前に高名な剣術道場の道場主である土井源内《どいげんない》という剣客が町中で心の臓を一突きにされて死んだ。私の定町廻りとしての最後の事件だった。探索の結果、土井源内に恨みを持つ門弟に疑いを持った。さる大店《おおだな》の若旦那だ。殺し屋を雇ったらしいことがわかり、その若旦那を追及していたところ、急に若旦那が首をくって死んだ」

「死んだ？　逃れられぬと思って自害ですか」

「いや。自害とは思えなかった。おそらく、自分が雇った殺し屋にやられたのであろう。この十年ほど前から、いろんな人間が同じような変死を遂げている。たとえば、四年前にある藩の殿さまが急死し、その前年に勘定奉行が亡くなった。その他、豪商の主人もふたりばかり原因不明の亡くなりかたをしている」

「……」

「我らが関知しないだけで、もっと変死者は多いかもしれない。明確な殺しの証拠がないので、事件にはなっていない」

「それらは死神の蔦吉の仕業だと言うのですか」

「わからぬ。我らが死神の蔦吉の名を聞いたのは深川の博徒の貸元が死んだときだ。五年前に、匕首《あいくち》で自分の喉《のど》を突き刺していた。代貸しが、こう言ったのだ。親分は殺されたのだと」

「博徒同士の諍《いさか》いですか」

「そうだ。それで対抗する勢力の博徒を調べているうちに、死神の蔦吉という殺し屋のことを耳にした。そのことから、それまでの変死事件を洗い直すと、変死者には必ず対立する人間がいたことがわかった」

「死神の蔦吉に殺しを依頼した可能性があるということですね」

「うむ。だが、証拠はない」

上里は首を横に振り、

「我らは死神の蔦吉について何も知らない。何の手がかりも持っていない。だが、死神の蔦吉が存在することは間違いない」

「依頼人はどうやって死神の蔦吉とつながりをつけるのでしょうか」

「わからん。ようするに、死神の蔦吉については何もわかっていないのだ。さらに、重要なのは、死神の蔦吉が何者であるかより、誰が死神の蔦吉に殺しを頼んだのかだ」

そうなのだ。亀吉こと死神の蔦吉は牢内で伝七を殺した。誰がなにを守るために死神の蔦吉を使ったのかということが重要だ。

やはり、伝七が何かの秘密を摑《つか》んだのか。そっちを探ることが先決だ。

「上里さま。ありがとうございました」

「新之助。何かわかったら、俺にも教えてくれ」

「はっ」

新之助は奉行所を出てから、伝七が捕まる前に忍び込んだと口にした商家に行ってみようと思った。三十間堀一丁目にある唐物問屋『長崎屋』だ。

もっとも、『長崎屋』のほうでは忍び込まれてはいないと否定しているという。だが、そこで何かあったら、『長崎屋』は隠すかもしれない。

忍び込んだ先で、伝七は何かの秘密を摑んだのだ。その秘密をネタに『長崎屋』を恐喝した。しかし、そのことを『長崎屋』は隠している。

そう考える一方で、果たして伝七は恐喝先の名を口にするだろうかという疑問も生じる。ほんとうは別の商家だが、目をそらすためにわざと『長崎屋』の名を出したのかもしれない。

ともかく、『長崎屋』に行ってみようと、新之助は数寄屋橋御門を抜け、目と鼻の先ほどの距離の三十間堀一丁目にやって来た。

『長崎屋』は大きな店だ。漆喰《しっくい》の土蔵造りで、土間も広く、大勢の奉公人が立ち働いている。

着物、焼き物、薬草など、異国のものを売っている。長崎や大坂や堺《さかい》から取り寄せているということだ。

新之助は手代らしき男に声をかけた。

「旦那《だんな》を呼んでもらいたい」

「はい。ただいま」

手代は急いで奥に引っ込んだ。

しばらくして、大柄な男がやって来た。三十半ばか。えらのはった顔は濃くて太い眉《まゆ》とともに印象に残った。

「手前が『長崎屋』の政五郎《まさごろう》でございます」

『長崎屋』の主人は思ったより若い男だったことに、新之助は意外な気がした。

「南町の稲瀬新之助だ。さっそくだが、ひと月ほど前になるか、明け烏の伝七という盗人が忍び込んだ件だが」

「稲瀬さま。私どもにはそのような盗人が忍び込んだことはありません。このことは、以前にも申し上げました」

「しかし、当の伝七はそう言っていたようだ。気づかなかっただけということはない

「調べましたが、忍び込まれた形跡も、盗まれた物もございません。何かの間違いではないでしょうか」

落ち着きはらった態度には余裕がある。

やはり、伝七が嘘をついたのか。しかし、なぜ、嘘をついたのか。

「お役に立てずに申し訳ございませんでした」

政五郎は笑みを漂わせた。

「もうひとつききたい。死神の蔦吉を知っているか」

「何と恐ろしい名前で」

政五郎はとぼけたが、顔色が変わったような気がした。

「知っているのか」

「とんでもない。はじめて聞く名前でございます。いったい、何者でしょうか」

「殺し屋だ。牢《ろう》内にいる者でも依頼を受ければ殺すことが出来る凄腕《すごうで》の殺し屋だ」

「なんと」

「邪魔した」

新之助は引き上げた。途中で振り返ると、政五郎がずっとこっちを見ていた。

四

月は雲間に隠れ、星影もなく、わずかに足元を照らしている提灯《ちょうちん》の明かりを頼りに、藤次は神田川にかかる和泉《いずみ》橋を渡った。

水音がしたが、川面は見えない。五つ（午後八時）の鐘が鳴っている。

神田佐久間町にある一刀流の竹内《たけうち》道場に、道場破りの剣客が来るというので、藤次に声がかかったのだ。

一度、口入れ屋の『松葉屋』を通して依頼があり、竹内道場の師範代として他流試合の相手と闘ったことがあった。

それ以来、何かあると藤次に声がかかる。

きょうの相手は髭面《ひげづら》の巨軀《きょく》だったが、あっさり打ち負かした。道場主の竹内主水《もんど》が喜んで酒席を設けてくれたのはよいが、何度も帰ろうとしたのを引き留められ、この時間になってしまった。

お京がいるので俊太郎のことは心配ないが、藤次は帰宅を急いだ。

柳原の土手は漆黒の闇だ。前方から提灯の明かりが左右に大きく揺れて、近付いて来たのは駕籠《かご》だった。

橋を渡り切ったところで、駕籠とすれ違った。駕籠には商家の主人らしい男が乗っていた。

再び、前方は真っ暗になった。ふと、雲が切れて微《かす》かに星が覗《のぞ》いた。

背後からひとが近付いて来る気配がした。足音はしない。気配だけが迫って来る。

息を吹きかけ、道場で借りて来た提灯の明かりを消した。

その刹那《せつな》、凄《すさ》まじい殺気。藤次は提灯を投げ捨て、鯉口を切った。風を切る音とともに匕首《あいくち》の刃先が襲いかかった。

藤次は振り向きざまに抜刀し、匕首を弾《はじ》いた。だが、剣は空を切った。相手はこっちの剣の動きを予測して途中で匕首を引っ込めたのだ。

すぐ目の前に、笠《かさ》をかぶり、着物の裾《すそ》を尻端折《しりはしょ》りした男が匕首を片手に立っていた。

「何奴？」

藤次は問いかける。

「拙者の名を知っているか」

なおも問いかけたが、相手は無言だ。

「そなたの名は？」

返事がない。

「誰に頼まれた？」

まるで、藤次の声が聞こえていないようだった。

ふと相手は無言で腰を落とし、匕首を右上にかざした。

いきなり駆けながら向かって来た。まったく予期せぬ無茶な戦法だ。藤次は体を左にかわした。相手はそのままつんのめって行くはずだった。だが、相手はかわしたほうに的確に刃先を向けて迫った。その柔らかい体の動きと反応の鋭さに藤次は目を瞠《みは》りながら、剣で匕首を弾いた。

相手は少しよろけたが、すぐに体勢を立て直し、休むことなく今度は匕首を逆手に構えて刀を構えている藤次に向かって来た。

その無茶な動きに藤次は一瞬対応が遅れた。剣を伸ばしたが相手にかわされ、眼前を匕首の切っ先がかすめた。

今度は藤次が体勢を崩した。そこをすかさず襲ってきた。藤次は横っ飛びに逃れながら剣をすくい上げた。

匕首の刃とかち合うかと思いきや、相手はとっさに手首をかえした。藤次の剣は空を切った。

だが、相手の執拗《しつよう》な攻撃はいったん止んだ。

長い刀に匕首で対する不利をものともしないようだ。自信からか。構えからは武芸のたしなみがあるというよりは、実践で培われた胆力と余裕が力の源だとわかった。

この男、何人、いや何十人とひとをあやめているに違いない。しかし、相手を打ち負かそうという逸《はや》る心もない。

ただ、流れのままに相手を倒す。気が充実しなければ、決して襲って来ない。道場剣法ではない、常に生と死の中で闘いながら腕を磨いてきた独特の剣法、いやそれは剣法といえるものではないかもしれない。単に殺すことを目的にしているだけの腕だ。単なる殺しの技だ。

相手は呼吸を整えている。気が充実したとき、またも激しい攻撃を仕掛けてくる。

藤次は剣を正眼に構えた。

いままで経験したこともない相手の攻撃に、藤次は受け身一方だ。殺すか殺されるか。相手にあるのはそれだけだ。

藤次は改めて賊の恐ろしさに思い至った。正規の剣法ではない。殺《や》るか殺られるか、その生死を賭《か》けた闘いの場で培った呼吸と気合は、なまくらな剣法をはるかに凌駕《りょうが》している。それは動物の闘争本能と似ている。

あの賊に対しては直心影流の極意も無用の長物かもしれない。常に生死を賭けた闘いの場で胆力を磨いて来た男に既存の剣法は通用しない。必要なのはあの賊に負けない呼吸と気合だ。

藤次は改めて手ごわい敵と遭遇したことを悟った。

最初の一撃、あるいは次の攻撃は剣の極意で防ぎきれようが、さらなる波状攻撃に対しては剣法は役に立たない。

胆力と胆力、気合と気合の勝負でしかない。そう思うと、藤次は構えを崩し、刀を下ろして賊と向かいあった。

いつまで経っても、相手は攻撃して来ない。やがて、賊は踵《きびす》を返し、闇の中に消えて行った。

藤次は珍しく汗をかいていた。

あの男は必ず殺すという強い意志のもとに攻撃をしてきた。あの者に殺しを依頼した人間がいる。

やはり、殿であろうか。

高月藩芦野家七万石城主芦野伊勢守忠清《いせのかみただきよ》。かつて、藤次が仕えた殿だ。

脱藩したことで、殿の逆鱗《げきりん》に触れたことは間違いなかった。それまで殿からは寵愛《ちょうあい》に近いほどに引き立てられていた。脱藩するという行為は、殿の所業に対する痛烈な批判でしかなかった。いまや、殿にとって藤次は不倶戴天《ふぐたいてん》の敵と化したのか。

過去二度にわたり、国元より刺客がやって来た。二度とも、藤次は刺客を追い返した。二度目は三年前だ。以来、刺客は現れなくなったと思ったのだが。

剣で、藤次を倒すのは無理だと悟ったのか、新手の刺客を寄越《よこ》した。そう考えるのが妥当か。

それほどまでに、殿は藤次のことを憎んでいるのか。若い頃の殿の気質《かたぎ》を知っているだけに、いまの殿の変わりようにやりきれない思いがしている。

提灯を拾い、火をつけずにそのまま持って柳原通りを横断し、浜町堀沿いから難波町裏河岸の長屋に帰った。

腰高障子を開けると、薄暗い行灯《あんどん》の明かりにお京の姿が浮かんでいた。その向こう側で、俊太郎が寝息を立てていた。

お京が立ち上がって上がり框《かまち》までやって来た。

「お帰りなさい。いま、ようやくお休みになりました」

「お京さん。ありがとう」

「いえ。いま、濯《すす》ぎの水を」

お京は台所に行き、盥《たらい》に水をいれて土間に置いた。

「すまない」

藤次が足を洗おうとしたとき、あらっとお京が小さく声を発した。

「藤次さま。それ？」

お京が指さした右肩を見て、藤次はうっと唸《うな》った。着物が裂けていた。さっきの賊の匕首だ。

「藤次さま。何かあったのですね」

「いや、心配するようなことではない」

「でも、これは刃物で切られたあと」

「途中、喧嘩《けんか》の仲裁に入ったとき、誤って切られたのだろう」

「まあ」

お京は目を瞠り、

「お怪我は？」

と、心配そうにきいた。

「いや。それより、ここを縫ってもらえぬか。継ぎ接《は》ぎをしてもらえばよい」

「それでは見栄えが」

「見栄えなど、気にせぬ。明日《あした》、出しておく」

「わかりました」

お京はもっと何かききたそうだったが、微かに吐息を漏らし、土間を出て行った。

翌朝、俊太郎が私塾に出かけたあと、藤次はお京に着物を預け、長屋を出た。

出向いたのはお砂の家だ。すでに用心棒の仕事は終わっているが、きのうの殺し屋の手がかりを求めてやって来た。

格子戸を開けて呼びかけると、通いの婆さんが出て来た。

「おかみさんはいらっしゃるか」

「はい」

婆さんが呼びに行くまでもなく、お砂が出て来た。

「これは岩城さま。さあ、どうぞ、お上がりくださいな」

「いや、ここで結構でござる。すぐ、引き上げますので」

「そうですか」

お砂は腰を下ろした。

「先日、おかみさんにつきまとっていた男、その後、いかがか」

「おかげさまで、岩城さまに来ていただいて以来、現れません。安心しました」

「やはり」

お砂につきまとっていたのではなく、最初から藤次が狙いだったのだ。

「じつはお願いがある。久右衛門どのにお会いしたいのです」

「旦那《だんな》にですか」

お砂は訝《いぶか》しげな顔をした。

「そうです。もし、こちらにお出《い》での日がわかれば、それに合わせてお訪ねしたい」

「旦那は来ていますけど」

「そうですか。では、いま、お会いすることは出来ましょうか」

「だいじょうぶだと思います。いま、二階にいるのできいてきます」

お砂は梯子段《はしごだん》を上がって行った。

すぐにおりて来て、

「いま、来ます。どうぞ、お上がりを」

「いや。ここで」

久右衛門がやって来た。

「これは岩城さま。ようお出でなさいました。さあ、お上がりください」

久右衛門は機嫌がよかった。

「いえ、ここで。じつは久右衛門どのにお訊《たず》ねしたいことがござる」

「なんでございましょうか」

久右衛門はその場に腰を下ろした。

「先日、ここに押し入った賊のことで」

「ほう、あのときの賊が何か」

「あのときは教えていただけませんでしたが、あの賊を雇った人間に心当たりがおありのようでした。教えていただけませんか」

「いや。はっきりした証拠があるわけではないのです。もし、間違っていたら、たいへんなことになりますので」

ふと厳しい顔つきになって、

「岩城さま。いったい、何が？」

「いえ」

藤次は首を横に振った。

久右衛門の襲撃に失敗した殺し屋が依頼主に邪魔が入ったと報告した。そのとき、依頼主は邪魔に入った用心棒が藤次ではないかと気づいた。そのことを確かめるために、お砂につきまとっているように見せかけた。恐怖を抱いたお砂は再び藤次に助けを求めた。

そして、お砂の家に藤次が現れるのを待った。そういう筋書きを考えてみたのだ。

「私が疑ったのは、『江差屋』の前の主人、私の義理の父になりますが、その弟の五《ご》兵《へ》衛《え》です」

久右衛門はもともと博徒だったのを、『江差屋』の入り婿になり、いまでは『江差屋』の主人に収まった。

だが、五兵衛は最初から久右衛門には好意を持っていなかった。

「私が『江差屋』を乗っ取ったと恨んでおりました。ですから、私を殺そうとしたなら、五兵衛ではないかと。そう思っただけでございます」

「五兵衛どのはいまどこに？」

「いまは隠居しておりますが、芝口一丁目で乾物屋をやっています」

「芝口一丁目ですと？」

高月藩芦野家の上屋敷は愛宕下《あたご》にある。それほど離れていない。五兵衛は上屋敷出入りの商人で、藤次の噂を聞いていたのではないか。

そのことを確かめたい気もしたが、高月藩の名を出したくなかった。

「店の名前は？」

『湊屋《みなとや》』です」

「わかりました」

「岩城さま。もしや、五兵衛に会いに行くおつもりでは？」

久右衛門は不安そうにきいた。

「決して、久右衛門どのに迷惑をかけるようなことはしない」

「いえ、そのような気遣いは無用に願います。しかし、五兵衛に何を？」

「襲って来た浪人について知りたいのです」

「それはまた、どうして？」

久右衛門の目が鈍く光った。

「あとで思い返してみたら、昔の知り合いに似ていたのです。ひょっとしたらと思いましてね。それを確かめるために、会ってみようかと」

「そうですか」

久右衛門は頷《うなず》いてから、

「しかし、五兵衛さんがほんとうのことを喋《しゃべ》るはずはないと思いますが」

「わかっています。それでもかまわないのです」

藤次とて正直に話してくれるとは思っていない。だめならだめでいいのだ。あくまでも直接の敵はきのうの殺し屋なのだ。

「岩城さま。何かおありで？」

何かに気づいたように、久右衛門がきいた。

「いえ、なんでもありません。お騒がせしました」

不思議そうな顔の久右衛門と別れ、藤次は外に出た。

藤次はたくさんのひとで行き交う日本橋を渡った。魚河岸もまだ賑《にぎ》わっている。旅装のひとも目につき、藤次は京橋を渡り、そして次に新橋を渡り、芝口一丁目にやって来た。

乾物屋の『湊屋』を見つけ出すのは一苦労だった。というのも、想像したより、小さな店だったからだ。

藤次は店番の者に、五兵衛への取り次ぎを頼んだ。すると、番頭ふうの男は、

「失礼ですが、どちらさまでございましょうか」

と、確かめた。

「岩城藤次と申す」

「どのような御用でございましょうか」

「『江差屋』の久右衛門どののことで」

藤次は久右衛門の名を出した。

「少々、お待ちを」

番頭らしき男は奥に引っ込んだ。そして、三十前後とおぼしき主人ふうの風格の男を連れて来た。

「五兵衛の倅《せがれ》の久太郎《ひさたろう》でございます。父に御用だそうですね」

「少々、お伺いしたいことがあって参りました」

「そうですか。では、こちらへ」

久太郎はいったん店を出てから路地に入った。『湊屋』の裏手にまわり、裏口から庭に入った。

土蔵の横に、離れがあった。

「父はここにおります」

久太郎は濡《ぬ》れ縁から上がり、閉まっている障子の向こうに声をかけた。

「おとっつあん。起きていなさるか」

中から返事があった。くぐもった声だ。

久太郎が障子を開けた。

年寄りがふとんに横たわっていた。久太郎が抱き起こした。やせさらばえていた。

久太郎が羽織を着せ掛けた。

「どうぞ、お上がりください」

久太郎が言った。

「失礼いたす」

藤次は刀を腰から外し、右手に持ち替えて濡れ縁に上がった。

「おとっつあん。岩城藤次さまと仰《おっしゃ》います。久右衛門どののことで参ったそうです」

目をしょぼつかせて五兵衛が藤次を見た。

「岩城藤次と申します」

藤次はあいさつしたが、五兵衛が殺し屋の依頼人と考えるには違和感があった。

「あの男の言伝《ことづ》てでもありますか」

五兵衛の目が鈍く光った。

「言伝て?」

藤次は問い返した。

「久右衛門どのに頼まれてやって来たのではありませんか」

久太郎が確かめるようにきいた。

「いや。それで来たのではない」

五兵衛も久太郎も訝《いぶか》しげな顔をした。

「久右衛門どのの名を出したほうが会ってくださるかと思って名を出しました。お許しください」

「そうですか。てっきり、久右衛門どのがまた何か言いに来たのかと思いました」

久太郎がほっとしたように言う。

「以前にも何か言ってきたのですか」

「ええ、お金です」

「お金？」

「三年前におとっつあんが倒れてから、商売も芳しくなく、久右衛門どのが貸してくださると仰ってくださいます。でも、おとっつあんが……」

「あたりまえだ。わしの口を封じようと言うのだ。盗人猛々《ぬすっとたけだけ》しいとはこのことだ」

声を震わせたあと、五兵衛は咳《せ》き込んだ。

「おとっつあん、興奮してはいけません」

「いったい、どういうことでござるか」

藤次は訝ってきいた。

「いえ、それより、岩城さまは父にどのような御用で？」

「いえ、どうやら私の勘違いだったようです」

五兵衛が三年前から寝込んでいることや、この親子の人柄をみれば、殺し屋を雇うような人間には思えない。

「勘違いと仰ると、どのような勘違いでございますか。岩城さま。どうぞ、仰ってくださいませんか。そうでないと、私どもも薄気味悪うございますから」

久太郎が真顔できいた。

「ごもっともです」

藤次は迷った。久右衛門の疑惑を持ち出すわけにはいかない。

「じつは知り合いを探しています。歳の頃なら三十半ばぐらいのがっしりした体格の浪人です。目と鼻がでかい髭面《ひげづら》です。その浪人をこちらの店の前で見かけたという話を聞き、もしやと思ってお訊《たず》ねにあがったのです」

「そのような浪人は知りません」

五兵衛は首を横に振った。

「その浪人が何を？」

久太郎がきいた。

「いえ。不躾《ぶしつけ》にお訪ねし、失礼いたしました」

言い訳にならない言い訳をして、藤次は訝しげな表情の五兵衛父子《おやこ》と別れ、『湊屋』をあとにした。

五

翌朝、いつもより早めに出仕した新之助は、同心詰所で高野錦吾がやって来るのを待った。

上がり框《かまち》に腰を下ろして茶を飲んで待っていると、ようやく高野が顔を出した。

「高野さま」

新之助は立ち上がって高野を迎えた。

「どうした、そんな怖い顔をして」

「伝七は三十間堀一丁目にある『長崎屋』に忍び込んだということでしたね」

「ああ、そうだ。そう言っていた」

「私も『長崎屋』に行ってきましたが、そのことを否定していました」

「そうだろう。伝七が出まかせに言ったのかもしれない。第一、吟味のときに伝七は

『長崎屋』のことを口にしていなかったそうだ」

「吟味の場では口にしなかったというのはほんとうなのですか」

「ああ、同席した書役同心に確かめた」

「やはり、『長崎屋』云々《うんぬん》というのは、捕まったとき伝七が出まかせに言ったということですか」

「そこがわからんのだ」

高野は首を横に振った。

「と、言いますと？」

「あのとき、伝七は忍び込んだ『長崎屋』の奥座敷に山水画の掛け軸があったと言っていたのだ。雲が龍になって空を泳ぎ、山の上の五重の塔に向かっているような画《え》だそうだ。天井裏から見たと」

「『長崎屋』に確かめたのですか」

「いや。即座に否定されたので、そこまではしていない。それに山水画の掛け軸など、珍しくないだろうしな」

「そうですね。でも、雲が龍になって空を泳いでいるのは変わっていませんか。それより、なぜ伝七はそのようなことを口にしたのでしょうか」

「『長崎屋』に侵入したと信じ込ませるためかもしれない」

「ですが、もし奥座敷に山水画の掛け軸がなかったら、すぐ嘘だとばれてしまいます。ほんとうに忍び込んだのだと言いたかったのではありませんか」

「しかし、吟味の席ではそのことは口にしていない」

「……」

そこに何かある。新之助はそう思った。

そのとき、見習い与力が同心詰所に顔を出した。まだ十七、八歳ぐらいだ。新之助を見つけると、近付いてきた。

「稲瀬さま。浜尾さまがお呼びにございます」

「浜尾さまが」

新之助は小首を傾げた。

「どうぞ」

高野に会釈をして、新之助は母屋の玄関から廊下に上がり、与力部屋の隣にある小部屋に案内された。

「少々、お待ちください」

見習い与力が去って行った。

浜尾弥一兵衛に会う機会が出来たことはもっけの幸いだ。伝七の吟味を請け負った吟味与力から話を聞けるように願い出てみようと思った。

それほど待たされずに、同心支配役与力浜尾弥一兵衛がやって来た。

温厚な浜尾が珍しく厳しい顔で新之助の向かいに座った。

「稲瀬新之助。ごくろう」

「はっ。何用でございましょうか」

「うむ。じつは、そちにやってもらいたいことがある」

「えっ、それは仕事で？」

「当たり前だ。ある事件の探索だ」

「探索？」

新之助は耳を疑った。あわてて、新之助は訴えた。

「お願いがございます。じつは、先日捕まえた亀吉なる者は死神の蔦吉という殺し屋であるやもしれず」

「そんなことはどうでもよい」

浜尾は一蹴《いっしゅう》した。

「いえ、死神の蔦吉は明け烏の伝七を殺すためにわざと牢《ろう》に入ったのかもしれないのです。伝七の吟味の内容を知りたいのです。最初の吟味に参加された吟味与力の……」

「待て」

浜尾は鋭い声で新之助の声を制した。

「はっ」

「伝七なる者、亀吉なる者の探索はこれ以上する必要はない」

「なぜでございますか。大きな犯罪が隠されているかもしれないのです」

「稲瀬新之助。わしの言うことが聞こえぬのか」

「いえ」

いつもの浜尾ではなかった。

「では、よいな」

「はあ」

「高野錦吾の調べによると、枕絵の絵師が下谷方面にいるらしい。芝神明宮前にある絵草紙屋の主人が白状した。これから、高野に代わりそのほうに探索をしてもらいたい」

高野は風紀上好ましくない書物を売った芝神明宮前にある絵草紙屋の主人を捕まえたと言っていた。そのような仕事は気が進まないようだった。

「浜尾さま。それならなにも私でなくとも」

「聞き捨てにならぬことを申したな。そのような仕事は役不足だと申すのか」

「いえ、そういうわけでは」

「では、わしの命令は受けられぬ。そういうことか」

「とんでもない。ただ、亀吉のじつの名が……」

「まだ、そのようなことにこだわっておるのか。そんなことに血眼になっているより、目先のことをしっかりせよ。わかったか」

「はい」

「よいか。今後、いっさい亀吉や伝七絡みのことに首を突っ込むことはまかりならぬ。もし、命令に従わぬならば、定町廻《まわ》りをやめてもらうことになろう」

「そんな」

「風紀の取り締まりに専念せよ。よいか」

「はっ」

顔を上げたときには浜尾は立ち上がっていた。

浜尾は最初から新之助を抑え込もうとしていた。いったい、なぜ、このようなことに。ひょっとしたら、『長崎屋』から苦情があったのか。

『長崎屋』から奉行所も浜尾自身も付け届けをもらっている。『長崎屋』からの抗議の前には、唯々諾々として従わざるを得ないのかもしれない。

玄関を出てから、

「ちくしょう」

と、新之助は吐き捨てた。

浜尾弥一兵衛をはじめ、奉行所のわからず屋連中に無性に腹が立ってならない。

若い頃の自分に似ていると言って、浜尾は何かと目をかけてくれた。新之助を定町廻り同心に取り立ててくれたのも浜尾だ。

その浜尾が新之助の訴えを抑え込んだ。そのことに打ちのめされたようになった。

同心詰所に戻ると、高野錦吾が待っていた。

「どうした、その顔は？」

高野は顔色を読んで、

「何かあったな」

と、きいた。

「高野さまの仕事を引き継ぐことになりました」

新之助は憤然と言った。

「どういうことだ？」

「枕絵の絵師が下谷方面にいるらしいから、それを探れと」

「なぜ、そなたが」

高野が不思議そうに呟《つぶや》いたとき、さっきの見習い与力がやって来た。

「高野さま。浜尾さまがお呼びでございます」

「どういうことだ？」

高野は戸惑ったような顔を新之助に向けた。

夕方に、新之助は難波町裏河岸に向かった。

あれから高野から引き継ぎを受け、下谷のほうの絵草紙屋を当たった。だが、腸《はらわた》が煮えくり返っていたので、探索のほうはそこそこに昼間から居酒屋に入り、礒八を相手に愚痴をこぼした。

「付け届けをもらっているからといって、遠慮しやがって……」

新之助の前に徳利が転がっている。

「旦那《だんな》。もう、よしましょうや」

「おまえだって悔しくないのか」

「そりゃ、あっしだって……」

礒八が閉口したように言う。

亀吉が死神の蔦吉だとしたら、目的があって牢に入り込んだことは明白であり、結果からして伝七が標的だったことは疑いようもない。

伝七の口を封じるために死神の蔦吉を雇った人間がいるのだ。大きな犯罪が隠されているとみていい。

このまま見逃すわけにはいかない。

だが、浜尾弥一兵衛から枕絵の取り締まりのほうの探索を命じられた。新之助が調べようとしていることは風紀上の取り締まりなどとは比べ物にならないほど悪質なものだ。そのことが浜尾にはわかっていないのだ。

このことは浜尾の一存だろうか。それとも、誰かが浜尾に訴えたのか。まさか、奉行所内でもこの件には立ち入らないように暗黙の了解がなされているのか。

何があるかわからないのに、新之助はこれ以上、捜査をすることは出来ない。だが、大きな隠れた犯罪を見過ごすわけにはいかない。

「ちっくしょう」

ままならぬことに、新之助は大声を発しそうになった。

あわてて、儀八が、

「旦那。岩城さんのところに行ったらどうですか。何かいい考えでも浮かぶかもしれませんぜ」

と、言い出した。

「藤次か……」

新之助は覚えず口元が綻《ほころ》んだ。

「なるほど、そういう手があったか。よし」

いきなり、新之助は立ち上がった。

「儀八。あとでな」

居酒屋を飛び出し、藤次の住む長屋に向かった。

長屋路地を入り、藤次の家の前に立った。腰高障子を開けたが、留守だった。稲荷《いなり》社の裏に行ってみると、藤次は俊太郎に木剣で稽古《けいこ》をつけていた。

俊太郎は木剣を構えて藤次に向かって行く。俊太郎の木剣は軽くはじき返され、俊太郎はよろける。

そのたびに、様子を窺《うかが》っていたお京がいまにも駆け寄りそうになる。

新之助はお京の横に立った。

「厳しい稽古だな」

新之助は目を瞠《みは》った。

「あっ、これは稲瀬さま」

お京が気がついて言う。

「ふつう、自分の子だったらああまで厳しく出来ぬだろう」

新之助は無意識のうちに呟いた。

「えっ？」

お京が不思議そうな顔を向けた。

「いや。気にするな」

あわてて答える。この女は、俊太郎が藤次の実の子ではないことを知らないようだ。何か言いたげな表情だったので、新之助はお京にきいた。

「そなたは、藤次父子《おやこ》の面倒をみているようだな」

「面倒をみるだなんて。ただ、俊太郎さんがいじらしくて見ていられないんです」

お京は目を潤ませて言う。

「うむ。俊太郎はそなたを実の母親のように慕っておるようだな」

「きっと寂しいんだと思います」

「そうだの」

新之助は頷《うなず》く。

「俊太郎さんのお母上はどうなさったのでしょうか」

「俺も詳しいことは知らぬ」

「そうですか」

「だが、そなたが俊太郎のそばにいてやるのはよいことだ」

陽が沈むにつれ、俊太郎の動きも鈍くなって来た。

あっと、お京が叫んだ。俊太郎がくずおれたのだ。数歩足が動いたが、お京はそれ以上動かなかった。

稽古が終わった。俊太郎が藤次に向かって礼をするのを待って、お京が駆けつけた。再びくずおれた俊太郎をお京が抱え起こす。

藤次はゆっくり歩いて来た。何も言わず、新之助の脇をすれ違った。

「待て」

振り向いて、声をかけた。

藤次が立ち止まった。

新之助は藤次の背中に向かって、

「話がある」

「聞く必要はない。帰ってもらおう」

歩きながら答えた。

「そう邪険にするな」

新之助は横に並んだ。

「そなたが来ると、ろくなことはない」

「頼みがある」

「断る」

「何も聞かぬうちにか」

「俺は捕り物の真似はしたくない」

藤次は言い切った。

「なぜ、捕り物だと思うのだ？」

「そなたの頼みごとは、それしかない」

「亀吉の正体がわかった。死神の蔦吉という殺し屋だそうだ」

ふと、藤次の足が止まった。微《かす》かに眉根《まゆね》を寄せている。ここぞとばかり、新之助は続けた。

「伝七は近々まとまった金が入ると岡場所の馴染《なじ》みの女に言っていた」

「関係ない。帰ってもらおう」

そう言い、藤次は再び歩きだした。

「伝七は何者かの秘密を知ったのだ。おそらく、どこかに忍び込んだときだ。何かの秘密を知った。それをネタにゆすりをかけた。ところが、伝七は捕まってしまった」

藤次の部屋の前まで来た。

「帰ってもらおう」

「そうか。さっきお京さんに、俊太郎の母のことをきかれた。ほんとうのことを教えてやろう。俊太郎の実の父親がどうしたか。誰に斬られたのか」

「きさま」

藤次の顔色が変わった。

「親父橋の東詰にある居酒屋『ひさご屋』に来い。そうだ、亀吉が人質をとって騒いだ店だ」

新之助はそう言い、すたすたと長屋路地を木戸に向かった。奴は必ず来る。新之助には自信があった。

第三章　死　闘

一

藤次は親父橋の東詰にある居酒屋『ひさご屋』の玉暖簾《のれん》をくぐった。

職人ていの者たちや商人ふうの者たちで賑《にぎ》わっていた。藤次は小上がりを見たが、稲瀬新之助の姿はなかった。

そこに、亭主が近付いてきて、

「岩城さまでいらっしゃいますか」

と、声をかけて来た。

「そうだが」

「二階で、稲瀬さまがお待ちでございます。どうぞ、こちらから」

亭主は板場の横の梯子段《はしごだん》を指し示した。

藤次は刀を外して二階に上がった。部屋の襖《ふすま》が開いていて、中に新之助の姿があった。

「待っていた」

新之助が勝ち誇ったような顔をした。

「入れ」

藤次は敷居を跨《また》いだ。

「覚えているだろう。亀吉が立てこもった部屋だ」

藤次が腰を下ろすなり、新之助が言った。

「そなたの見立てのとおりだ。亀吉はわざと騒ぎを起こして捕まった。さっきも言ったとおり、奴の本性は死神の蔦吉だ」

「先走るな。俺がここに来たのはそなたの依頼を断るためだ。俺には捕り物に首を突っ込む気はない」

「なぜだ。悪い奴をのさばらせていて平気なのか」

「悪い奴かどうか、俺にはわからん」

「それを調べるのだ」

「悪事を暴くために、ひとの裏を探るようなことはしたくない。そういうことが俺は嫌いなのだ」

「物事を洞察し、推理するそなたの才覚は俺をはるかに凌駕《りょうが》している。いや、奉行所の与力、同心たちよりもはるかに優れている。俺はその才覚と腕を借りたいのだ」

「買いかぶるな。俺はそんな人間ではない」

藤次は突っぱねた。

「わからぬのか。そなたの力が必要なのだ」

「相談には乗ろう。だが、そなたに代わって探索をするつもりはない」

「俺は身動き出来ぬのだ。だから、俺に代わってそなたに動いてもらいたいのだ」

藤次はため息をついた。

「上役の同心支配役与力の浜尾弥一兵衛が事件から手を引くように俺に命じたのだ」

「浜尾弥一兵衛という名を出されても、俺は知らぬ」

「まあ、聞け。『長崎屋』は奉行所にも浜尾さまひとりにも付け届けをしているようだ。おそらく俺が動き回っているという『長崎屋』からの苦情を受けて、浜尾さまは俺を探索から外した」

新之助はいまいましげに言った。

「浜尾どのとはどういう御方だ？」

「気配りのお方だ。まあ、奉行所の中をうまくまとめていくことに長《た》けている。悪くいえば、ことなかれ的な考えの持ち主だ。だから、俺がよけいなことをするのを抑えようとしたのだろう」

「浜尾弥一兵衛か……」

藤次は呟《つぶや》いた。

「頼む。俺に代わって探索をしてくれ」

いきなり、新之助が頭を下げた。

「勘弁してもらおう。俺には俊太郎を一人前に育てなければならぬ務めがある。ほかのことにかまけている余裕はない」

「俊太郎は私塾に通っている。剣術なら道場に通わせればよい。ふだんはお京という女がいればいい」

新之助は平然と言う。

「俺には俺のやりかたがある」

「こんなに頼んでも引き受けてくれないのか」

「ああ。引き受けん」

「そうか。なら、俊太郎に洗いざらい教えてやろう。いつかは知ることになるのだ」

「俊太郎によけいなことを話したら許さん」

藤次は語気を荒らげた。

「黙っていて欲しければ、俺の言うことをきくんだな。小谷左源太」

「きさま」

藤次はいきなり手を伸ばして新之助の胸ぐらをつかんだ。だが、新之助は含み笑いをした。

「どうするんだ。ここで騒ぎを起こしてお縄になるか。そうしたら、俊太郎とお京にすべてを知られることになるぜ」

「……」

俊太郎が元服するまでは、自分を父親だと思い込ませておかねばならぬのだ。真の父や母のことも、それまでは隠し通さねばならぬ。

「ただで働いてもらおうとは思わぬ。手当ては出す。それなら、問題はなかろう」

「汚いぞ」

「これも悪い奴を懲らしめるためだ」

藤次は握りしめた拳《こぶし》に力を込めた。

「わかった。手を貸そう」

「よし」

新之助は口元に会心の笑みを浮かべた。

「これまでの経緯を話す。明け烏の伝七が捕まったのは、芝露月町の質屋に盗みに入ったとき、そこの手代に顔を見られていたことから、後日同心の高野錦吾に捕まった。

伝七は大番屋で、いままで押し入った商家を自白する中で、三十間堀一丁目にある唐物問屋『長崎屋』の名を挙げた。ところが、『長崎屋』ではその事実はないという返事だったらしい。さらに、吟味の席では、伝七は『長崎屋』の名を出さなかった」

新之助は身を乗り出し、

「おかしいと思わぬか。なぜ、伝七は吟味の席では『長崎屋』の名を出さなかったのか。大番屋での高野さまの取り調べでの際、『長崎屋』に忍び込んだときに奥座敷に山水画の掛け軸がかかっていたと話していたそうだ。伝七が『長崎屋』に忍び込んだのは間違いないような気がする」

「『長崎屋』は忍び込まれたことを否定しなければならない事情があったというわけだな」

「そうだ。それこそ、伝七を殺した理由だ。伝七は『長崎屋』で何かを見たか聞いたのではないか」

「それをネタに、伝七は『長崎屋』を脅迫していたか。ところが、計算違いのことが起こった。伝七は別の盗みの疑いで捕まってしまった」

藤次はおおまかな筋書きが読めてきた。

「だが、なぜ、牢《ろう》内まで殺し屋をもぐり込ませて伝七を始末しなければならなかったのか。ふつうなら、恐喝はなくなるのではないか。なぜ、『長崎屋』はそこまでしたのか」

新之助は疑問を呈した。

「ひょっとして」

藤次はある可能性を考えた。

「なんだ？」

「『長崎屋』は恐喝されても、恐喝相手が伝七だとは気づかなかったはずだ。どうして、恐喝の主が伝七だと気づいたのか」

藤次は自問するように言った。

「なぜだ？」

「まだ迂闊《うかつ》なことは言えないが、伝七は牢に入ってからも恐喝を続けたのではないか」

「牢内にいながら、どうやって『長崎屋』を脅すことが出来るのだ？」

新之助は反論してから言った。

「じつは、ひとり働きの伝七にも仲間がいたらしい」

「仲間？」

「伝七の長屋の隣の住人が、油堀川のそばで伝七が年配の男と話し込んでいるのを見かけたそうだ。四十半ばぐらいの四角い顔をした小肥《こぶと》りのがっしりした体つきの男だったという。深刻そうに話し込んでいたという」

「伝七が牢に入ったあと、その男が代わりに『長崎屋』を脅していたというのだな」

「そうだ。ただ……」

新之助は顔をしかめて続けた。

「その男が裏切り、『長崎屋』に伝七を売ったとも考えられる。だから、『長崎屋』は伝七のことを知ったのではないか。吟味の席で、べらべら喋《しゃべ》られることを恐れ、死神の蔦吉を使って口封じをした」

「そうかもしれぬ。ただ、そうだとしたら、その仲間の男も心配だ」

「心配というと?」

「『長崎屋』が、伝七を裏切った男をそのままにしておくと思うか。いつか、また新たな恐喝者になるかもしれぬのだ」

「では、その男も死神の蔦吉の手に……」

新之助は表情を曇らせた。

「ところで、死神の蔦吉とはどういう男なのだ?」

「聞いたところによると、かなりの腕の持ち主らしい。六年前に高名な土井源内という剣客が心の臓を一突きにされて死んだ。四年前にある藩の殿さまが急死、その前年に勘定奉行が亡くなった。その他、豪商の主人もふたりばかり原因不明の亡くなりかたをしていた。これらが、死神の蔦吉の仕業らしい」

「……」

「死神の蔦吉は、依頼された標的を必ず倒し、証拠も残さないという。いまだ、誰も殺し屋としての姿を見た者はいない」

藤次はふと自分を襲って来た賊を考えた。

あの男は死神の蔦吉かもしれない。一切の気配を消して攻撃してきた。藤次さえもかわすのがやっとだった。

あの男とここで女を楯《たて》にして立て籠《こ》もった亀吉とが同一人物だったかどうか。藤次はあのときのことを思い出したが、いかんせん蔦吉との間に隔たりがあり、姿をはっきり見たわけではないので、自分を襲ったのが死神の蔦吉かどうかわからなかった。

「どうした？」

新之助が不思議そうに顔を覗《のぞ》き込んでいた。

「いや、なんでもない。ともかく、『長崎屋』を調べることが先決だ」

ほんとうに、伝七が『長崎屋』を恐喝していたのかどうか。そのことをはっきりさせねばならない。

「俺が手札を与えている儀八に手伝わせる。俺に代わって、真相を突き止めてくれ」

「わかった」

死神の蔦吉に襲われたと考えると、すでに藤次はこの事件に巻き込まれているのかもしれないと思った。

翌日の昼下がり、藤次と岡っ引きの礒八は三十間堀一丁目にある『長崎屋』の近くに来ていた。漆喰《しっくい》の土蔵造りの店は間口が広く、重厚な感じだ。

「主人の政五郎は長崎の出身だそうです。店を開いたのが五年ほど前。異国の品物がたくさん揃っているので、かなり繁盛しています」

礒八が説明した。

「大名や大身の旗本屋敷にも出入りをしているようです」

「盗人なら狙いそうな大店《おおだな》だ」

明け鳥の伝七が忍び込むことは十分に考えられた。

「よし、店に入ってみる」

藤次は言った。

「じゃあ、あっしは紀伊国《きのくに》橋の袂《たもと》で待ってます」

礒八と別れ、藤次は『長崎屋』に向かった。よれよれの着物から新之助に借りた黒羽二重の着流しになり、髭《ひげ》をあたってさっぱりした顔だちになっていた。

紺の暖簾《のれん》をくぐり、土間に入ると、大勢の奉公人が立ち働いていた。すかさず、手代ふうの男が藤次に近寄って来た。

「いらっしゃいませ」

「茶碗《ちゃわん》を見せてもらいたい」

藤次は口にする。

「はい。どうぞ、こちらに」

広い座敷に客が何人も上がり、それぞれ番頭や手代が持って来た品物を眺めている。外国からの品物だけでなく、高級そうな古道具も扱っているようだ。

藤次は上がり框《かまち》に腰を下ろした。

「年代はいかほどのものを？」

手代が確かめた。

「明《みん》の時代のものを見せてもらおうか」

「はい。少々お待ちください」

手代は立ち上がって奥に向かった。隣の婦人は織物を見ている。その向こうでは時計だ。いろいろなものがあって目の保養になりそうだ。

手代が戻って来た。桐の箱を開き、中から青磁の茶碗を取り出した。深い藍《あい》色の文様が鮮やかでいて、おちついたやわらかみがある。

茶碗を裏返すと、焼いたときの砂で出来た凹凸が素朴な味わいを見せている。

「みごとなものだ」

藤次は感嘆していい、

「値は？」

と、きいた。

「はい。五両でございます」

「なに、五両か。いまの手持ちでは手が届かぬ」

いかにも残念そうに、藤次は茶碗を返した。

「そうそう、山水画の掛け軸はあるか」

「はい。ございます。お持ちいたしましょうか」

「いや。高くては手が出ぬ。やめておこう」

そう言ったとき、奥から恰幅《かっぷく》のよい男が出て来た。そして、客で来ている商家の内儀ふうの女のところにあいさつに行った。順次、客のところに行っている。あいさつしてまわっているようだ。

「ご主人か」

藤次は手代にきいた。

「はい。さようでございます」

やがて、主人の政五郎がやって来た。

えらのはった顔で、眉が濃くて太い。三十半ばぐらいか。

「いらっしゃいませ」

「すばらしい品物ばかりござる」

藤次は正直に言った。

「はい。長崎から取り寄せております」

「山水画の掛け軸で、雲が龍になって空を泳ぎ、山の上に五重の塔が建っている掛け軸はあるのか」

一瞬、政五郎の顔色が変わったような気がした。

「どうして、そのような掛け軸を？」

「いや。知り合いの者から聞いて、どのようなものか一度見てみたくてな」

「さようでございますか。かつて、そのような掛け軸はございましたが、いまは売れてありません」

「ほう、実際にそのような掛け軸は存在したのだな」

「はい。ございました。また、同じようなものが入りましたらご連絡いたしましょう」

「いや。高価なものであろう。私などに手の出る代物ではなさそうだ」

藤次は苦笑して、

「邪魔した。冷やかしのようになって申し訳ない」

と言い、上がり框から立ち上がった。

「いつでもお出《い》でくださいませ。いつか、お買い求めいただけると存じます」

政五郎は柔和な笑みを見せた。

「では」

藤次は戸口に向かった。

射るような視線を背中に感じる。政五郎が見ているのだ。さっきの掛け軸の件に政五郎は反応したのだろうか。

伝七はその掛け軸を見たのだ。つまり、伝七が『長崎屋』に忍び込んだのはほんとうだったということだ。

店を出てから、藤次は堀沿いに紀伊国橋に向かうと、橋の袂に礒八が立っていた。

「いかがでした？」

礒八が近寄って来た。

「なかなか繁盛しているようだ」

藤次は声をひそめ、

「政五郎に会った。例の掛け軸のことを持ち出したら顔色を変えた。何か思い当たることがあったようだ」

「そうですか。やはり、奥座敷には山水画の掛け軸がかかっているのかもしれませんね」

「買い物に出かける女中に声をかけて確かめてみよう。掃除をしに奥座敷に入っているはずだ」

「でも、あとで政五郎に告げ口されてしまいませんか」

「それでも構わない。いや、そのほうが相手をあわてさせられる」

「わかりやした」

ともかく、掛け軸の件を確かめられれば、『長崎屋』に忍び込んだという伝七の言葉に信憑性《しんぴょうせい》が生まれる。

それから、再び『長崎屋』に行った。今度は裏通りに入り、裏口を見張った。そこに立ってから、半刻《とき》（一時間）ほど経つと、裏口から女中らしき若い女が出て来た。

女中は新両替町一丁目のほうに向かった。藤次と礒八はあとをつけた。大通りに出て、京橋のほうに曲がった。

女中が入って行ったのは菓子屋だった。

「女中たちのおやつでしょうか」

礒八が菓子屋を見ながら言う。

「高級そうな菓子屋だ。おやつにしては贅沢《ぜいたく》かもしれぬな」

「そうですね。ちょっと戸口から覗《のぞ》いてみます」

　儀八は菓子屋に向かった。

　藤次は薬種問屋の横の路地で待った。やがて、儀八が戻って来た。

「饅頭《まんじゅう》を買いました」

「来客でもあるのかもしれぬ」

「出て来ました」

「よし」

　女中は来た道を戻った。大通りから三十間堀一丁目のほうに曲がってしばらくしたところで、儀八が女中に声をかけた。

「すまねえな。ちょっといいかえ」

「は、はい」

　女中はびっくりしている。

「『長崎屋』さんの女中さんだね」

「はい」

　緊張からか声がかすれている。

「妙なことを訊《たず》ねるが、あの家の奥座敷に入ったことはあるかえ」

「奥座敷？」

「旦那《だんな》が大事な客を招く部屋ではないのか」

藤次は口をはさんだ。伝七が盗み聞きしたとしたら、大事な客との話し合いだろうことは想像出来た。

「その部屋に掃除しに入ったことはあるだろう？」

儀八が続けた。

「はい」

「床の間に掛け軸がかかっていたと思うが、その画《え》を覚えているかえ」

「……」

「心配しないでいい。ある事情からその部屋にどんな掛け軸がかかっていたか知りたいだけだ。お店や旦那に迷惑がかかることではない」

儀八は女中を落ち着かせた。

「かかっていました。雲のような龍が五重の塔に向かって飛んでいる画でした」

「間違いないか」

「はい。掃除していると、いつも龍の目に睨《にら》まれているような気がしていましたから」

女中の目からは雲ではなく龍に見えたようだ。しかし、これではっきりした。伝七は奥座敷を天井裏から見ているのだ。

そこで何かを見、何かを聞いた。そのことで、『長崎屋』を脅迫したのだ。

「呼び止めてすまなかった。あっ、それから、このことは誰にも言わないほうがいい。わかったな」

儀八は女中に念を押した。

「はい」

強張《こわば》った表情で返事をし、女中は逃げるように小走りに去って行った。

「親分。念のために、今日の来客が誰か調べてくれないか」

「わかりました。あっしが見張りましょう」

「すまぬ。俺はこれからちょっと用がある。夜、『ひさご屋』で落ち合おう」

「わかりやした」

藤次は夕方に俊太郎に剣術の稽古《けいこ》をつけるために長屋に向かった。

二

外は暗くなっていた。俊太郎に剣術の稽古をつけたあとで、お京にあとを頼み、藤次は親父橋東詰の『ひさご屋』に向かった。

途中、殺し屋の待ち伏せを警戒したが、姿はなかった。

『ひさご屋』の玉暖簾《のれん》をくぐり、亭主にあいさつをし、梯子段《はしごだん》を上がった。

すでに儀八と手下の太一《たいち》が来ていた。藤次が腰を下ろすなり、

「きょう『長崎屋』を訪れたのは西国の大名の留守居役でした」

「大名の留守居役か。客というわけだな」

各大名家にも渡来物の逸品を売っているのだ。

そのとき、梯子段を駆け上がって来る足音がした。

「おう、集まっていたか」

新之助だった。

「旦那。どうしたんですね」

儀八が目を丸くしてきいた。

「どうしたもこうしたもねえ。こっちのことが気になってならねえんだ」

新之助は急《せ》き込んで言う。

「まだ、初日ですぜ。すぐには進展はしませんぜ」

儀八は呆《あき》れたように言う。

「そいつはわかっているがな」

「でも、旦那。やはり、『長崎屋』の奥座敷には例の掛け軸がかかっていたことは確かめられました」

その経緯を、礒八は説明した。

「やはり、伝七が『長崎屋』に忍び込んだのは間違いなかったってことだな」

新之助は藤次に顔を向けた。

「それだけで言い切ることは出来ないが、伝七が長崎屋政五郎を脅していたとみていいだろう」

藤次は厳しい顔で言った。

「で、これから、どう出るんだ?」

新之助がきいた。

「脅しのネタを知るためには、伝七が忍び込んだときに奥座敷にどんな人間がいたのか探る必要がある。そのためにはまず『長崎屋』に出入りをしている人間を調べたい。それと、なんとか伝七の仲間を見つけ出すことが必要だ」

「出入りをする人間については太一にやらせます」

「長崎屋政五郎が外出先で誰と会うか。それも探るのだ。特に……、いや」

藤次は言いさした。

「特に、なんですね?」

「いや、なんでもない」

藤次は新之助を気にして発言を控えた。

今回の事件に奉行所の人間が絡んでいるように思えてならないのだ。いくら、死神の蔦吉が凄腕《すごうで》の殺し屋であっても、牢《ろう》から出るのは容易ではないはずだ。案外と早く出牢した裏には奉行所の人間の手助けがあってのことではないか。

気になるのは、新之助の探索をやめさせた浜尾弥一兵衛という与力だ。だが、まだ迂闊《うかつ》なことは言えなかった。

「伝七の仲間のことは、いま賭場《とば》を調べています。じつは、伝七は賭場に出入りをしていたようでして、そこで知り合ったのではないかと。四十半ばぐらいの四角い顔をした小肥《こぶと》りのがっしりした体つきという特徴がわかっていますから、なんとか見つかりそうな気がするのですが」

儀八が答えた。

「ただ、その男がどこまで伝七から話を聞いているのか。それでも、その男が見つかれば何かがわかるだろう」

新之助も応じた。

「あとは、死神の蔦吉だ」

藤次は厳しい顔で言う。

「死神の蔦吉は江戸を離れているのではないか」

新之助が反論した。

「いや、江戸にいる」

藤次はきっぱりと言い切った。

「どうして、そう言い切れるのだ？」

「奴は名うての殺し屋だ。江戸を離れたりしない」

俺に襲いかかった男こそ、死神の蔦吉だ。蔦吉がどういうわけで俺を襲うのか、依頼主が誰なのかわからないが、死神の蔦吉と俺はつながっているのだと、藤次は悲壮な覚悟を固めた。

「旦那。そっちのほうはどうですか」

儀八は半ば同情ぎみにきいた。

「枕絵を描く絵師を探して歩き回ったが、まったく情けねえ」

新之助は愚痴を言う。

「まだ、時間がかかりそうですかえ」

「いや。早く方がついたとしても、また別のつまらないことをやらされるに決まっている。『長崎屋』から何らかの苦情が奉行所にあったのに違いない。だから、奉行所は『長崎屋』のことで動くことはない」

新之助は藤次に顔を向け、

「そなただけが頼りなのだ。頼んだ。じゃあ、俺は行くからな」

新之助は立ち上がった。

「えっ、もう行くんですかえ」

「ああ。ここの勘定、俺につけておけ」

「へい」

儀八はありがたそうに頷《うなず》いた。

新之助が出て行ってから、

「岩城さん。あの旦那、ずいぶん嬉々《きき》としていましたぜ」

儀八がにやつきながら言う。

「まさか、これから女に会いに行くわけではあるまい？」

「その、まさかですよ。きっと。横山町に住む後家のところに行く途中でここに寄ったただけですぜ。最近、どうもあの後家と親しいようで」

「妻女がいるではないか」

「へえ、でも気が強くて尻《しり》に敷かれているんですよ。おまけに嫉妬《しっと》深くて、いつもこぼしています」

「そのようには見えないが」

「ええ。旦那の前では偉ぶっていますが、家では小さくなっています。なんでも、上役の娘で、ひとつ年上だそうです。だから、外で女にやさしくされるとついふらふらとなってしまうんです。子どもでも出来れば違うんでしょうが」

「わからぬものだ」

藤次は苦笑した。

「まあ、後家に夢中になるってことはないと思いますが……。じゃあ、酒でももらいましょう。太一、注文して来い」

「へい」

太一は部屋を出て行った。


『ひさご屋』を出てから儀八と太一と別れ、藤次は葭町の通りを浜町堀のほうに向かった。いくらも歩かぬうちに、気配を感じた。

藤次は浜町堀からの入り堀のほうに曲がった。竈河岸に出る。ひと通りはない。

途中で、藤次は足を止め、振り返った。

暗がりから、笠《かさ》をかぶった男が現れた。十間（約十八・二メートル）ほど先に男が立っている。

「待っていた」

藤次が声をかけた。

男は少し近付いた。

「死神の蔦吉か」

　藤次は問いかける。

　が、無言だ。

「そなたを雇った人間を教えてもらいたい」

　相手は懐から匕首《あいくち》を抜いた。藤次は刀の鯉口を切った。

　いきなり相手が匕首を腰の位置に構えて突進してきた。藤次も抜刀し、待ち構えた。匕首の刃先が眼前に迫った。藤次は剣をすくい上げ、匕首をはね上げた。だが、次の瞬間、もう一方の手に握られていた匕首が藤次の心の臓に迫った。藤次は上体を大きく反り返してかわした。

　だが、休むことなく、相手は足を踏み込んだ。まったく無謀な攻撃に思える。しかし、その攻撃の前には、剣法の極意など無に等しかった。

　藤次も脇に剣を構え、刃先を後ろにして前に突き進んだ。凄《すさ》まじい風圧を感じながら、相手とすれ違った。

　すれ違いざま剣を薙《な》いだが、相手は手前でトンボを斬った。剣は空を切った。瞬間、首の脇を匕首が襲った。かろうじて避けたが、切っ先がかすめた。

　地に下り立つと、相手はそのまま暗闇に走り去って行った。

　藤次は息が弾んでいた。

背後から走って来る足音がした。

「岩城さんじゃありませんか」

駆けつけたのは礒八と太一だった。

「親分か。どうしてここに？」

「さっき別れたあと、忘れ物に気づいて『ひさご屋』に戻ったんです。それで出て来たとき、木戸番の者が走って来て、斬り合いをしていると訴えたんです」

「そうか」

「いったい何があったのですか」

「わからない。数日前から狙われている。たぶん、あの者が死神の蔦吉ではないかと思っている」

「なんですって。死神の蔦吉が岩城さんを？」

礒八は目をしばたたいた。

「あの者なら牢《ろう》内に入ってひとを殺すことが出来る。そう思わすに十分なほどにすさまじい胆力の持ち主だ」

「いったい、誰が依頼して？」

死神の蔦吉を使って伝七を殺したのは長崎屋政五郎の可能性が高い。だが、藤次が政五郎に接触したのはきょうの昼間がはじめてだ。

だから、政五郎ではない。

「私の知らないところで何かが動いているようだ」

翌朝、俊太郎を塾に送り出し、部屋に戻ると、お京がやって来た。

「ちょっとよろしいですか」

「どうぞ」

藤次はお京を部屋に上げた。

思い詰めたような目で見つめているので、藤次は不審に思った。

「何か、あったのか」

「藤次さま。ゆうべ、竈河岸で斬り合いがあったそうです」

「……」

「藤次さまではありませんか。先日も着物に裂け目が出来ていました。危ないことをしておいでではないかと、心配で」

お京は真剣な眼差《まなざ》しで訴えた。

「お京さん。確かに、私だ。何者かに襲われた」

「まあ。なぜ、ですか」

お京は泣きそうな顔できいた。

「わからない。誰が何のために私を襲うのか……」

藤次は首を横に振った。

「私、心配でなりません」

「私ならだいじょうぶだ」

「もし、藤次さまに万が一のことがあったら、俊太郎さんはひとりぼっちになってしまいます。私だって……」

お京ははっとして言いさした。

「心配かけてすまない」

「いえ、すみません。取り乱して」

お京は頭を下げた。

「また、私は出かける。俊太郎のことをお願いいたす」

「はい。でも、決して危険な真似はしないでください。お願いいたします」

「わかった」

お京を安心させるように言ったが、藤次は死神の蔦吉との勝負に勝つ自信はなかった。万が一のときは、俊太郎のことをお京に託さねばならない。だが、そのことを言い出すことは出来なかった。言えば、お京はさらに取り乱すだろうと思った。

長屋を出た藤次は親父橋を渡り、まだ活気のある魚河岸を通り、日本橋を渡った。両脇には大店《おおだな》が軒を連ね、広い通りには大勢のひとが行き交い、馬や駕籠《かご》、大八車が通る。猿回しの一行とすれ違い、藤次は大通りを先に進んだ。

東海道であり、旅装の人間も目についた。

藤次は京橋を渡った。左に曲がれば、三十間堀一丁目で、『長崎屋』のほうに出るが、そのまままっすぐ東海道を芝方面に急いだ。

藤次がやって来たのは愛宕下だ。高月藩芦野家の上屋敷の前である。

屋敷の周囲の道路に面して長屋が続いている。江戸詰になった藩士たちが住んでいる。かつて、藤次も江戸に来たときはこの長屋で過ごしたものだった。殿の寵愛《ちょうあい》を受けていた藤次は殿とともに参勤交代で江戸と国表を行き来した。

藤次は門の見える場所に立ち、出入りする藩士を待った。定府の藩士には親しい者はいないが、勤番者には何人か親しくしていた者もいる。もっとも、あれから五年の歳月が流れており、当時と同じ気持ちを持っていてくれるかどうかわからないが、ともかく会ってみなければならない。

ときおり、侍が潜《くぐ》り門を出入りするだけで、出入りは多くない。あまり、自由に外出は出来ないのだ。

一刻《とき》（二時間）近く経った。潜り戸から藩士が出て来た。当時の仲間のひとりの工藤周一郎だとわかった。

工藤は愛宕山の石段を上って行く。この上に愛宕権現がある。どうやら、そこにお参りに行くようだ。

あとをつけていた藤次も、急な石段を上がった。石段は大勢の参詣《さんけい》のひとたちが上り下りしている。

山頂に着いた工藤は、愛宕権現の社殿に足を向けると、大勢の参詣人に交じって手を合わせている。

やがて、お参りをして、工藤は引き上げて来た。

その前に、藤次は立った。工藤が足を止めた。目を見開き、じっと藤次を見つめている。

浪々の身になって五年、あの頃よりやせて頬がこけた分、精悍《せいかん》な顔つきになり、また浪人暮らしで知らず知らずのうちに荒《すさ》んでいたのか。

すぐにはわからないほど面変わりしているのかと、藤次は胸が痛んだ。

名乗ろうと一歩前に出たとき、先に工藤が口を開いた。

「左源太、左源太ではないか」

「やっと思い出してくれたか」

「いや、夢ではないかと思ったのだ。ここでは邪魔だ。向こうに行こう」

境内の隅に行く。

「まさか、権現さまが願いを聞き届けてくださるとは……」

工藤は興奮して続けた。

「じつはそなたに会いたくて、ときたま愛宕権現に祈願に来ていたのだ。そうしたら、そなたが目の前に立っているではないか。目を疑った」

「俺に何か」

「うむ。じつは、友江どのがこの四月に嫁ぐことになった」

一瞬、目が眩《くら》んだようになった。が、すぐに気を引き締めた。

「そうか。それはめでたいことだ」

「きさま。それでよいのか」

「よいもなにもない」

「友江どのはずっとそなたを待っていたのだ。いや、いまでも待っている。だが、もう待ちきれないのだ」

苦いものが胸に広がった。

「どうしようもない。俺は殿を裏切った人間だ。殿がお許しならぬことはわかっているだろう」

「俺は友江どのから頼まれたのだ。そなたを探して欲しいと」

「……」

「友江どのはこう申された。もし、左源太さまが迎えてくれるなら私も国を捨てますとな。浪人のそなたでもいいと」

「ばかな」

「おぬしが友江どのを迎える気があるなら国表の友江どのに文を認《したた》める。どうなのだ？」

「俺には友江どのを仕合わせにしてやることは出来ぬ」

胸が痛んだ。忘れていた疵《きず》がまた疼《うず》いた。

「よいのか。友江どのは今度こそ嫁に行くぞ。もう、取り返しがつかぬ」

藤次は胸をかきむしりたくなった。友江の美しい顔や陶器のように艶《つや》のある肌を思い出す。友江が妻になる。そのことだけで、藤次はこの世の幸のすべてを独り占めしたような思いに酔っていた。

あの頃のことがきのうのごとく思い出される。

「友江どのに伝えてくれ。仕合わせを祈っていると」

「左源太」

工藤は悲鳴のように言った。

「周一郎、俺には……」

藤次は言いさした。

「なんだ、俺にはなんだ？」

「九年。俺にはあと九年の歳月が必要なのだ。その間、俺は自分のためには生きられないのだ」

「どういうことだ？」

「……」

「俺にも言えないことか」

「すまぬ。九年経ったら、何もかも話す」

「ばかな。九年なんて」

ふと、工藤は目を鈍く光らせた。

「もし、友江どのが九年待つと言ったらどうする？」

「ばかな。九年も待てるわけない」

「仮に、九年待つと言ったら」

「友江どのは三十路《みそじ》を超えてしまう。この五年間を無為に過ごした。この上、九年間を無駄にさせるわけにはいかぬ。よいか。友江どのの仕合わせを願えば、嫁がれるほうがよいのだ」

「後妻でもか」

「後妻？」

藤次はきき返した。

「そうだ。相手は三十八歳。三人の子持ちだ」

「ばかな。あのような美しい女子《おなご》ならいくらでも良縁はあろう」

「わからぬのか、そなたには友江どのの気持ちがわからぬのか。あえて、そういう相手のところに嫁ぐというのは、そなたとのことを大事に……」

「やめろ。やめてくれ」

藤次は耳を塞《ふさ》ぎたかった。

「そうか。わかった。友江どのには、そなたに会えなかったと言っておく」

工藤は大きくため息をついた。

五体が引き裂かれるほどの苦痛に襲われ、藤次は覚えずしゃがみ込みそうになった。ここに来るのではなかった。工藤に会わなければ、こんな酷《むご》い話を聞かされずにすんだのだと、藤次は胸をかきむしった。

(友江どの、許してくれ。俺には俊太郎を一人前にして母親のもとに返してやらねばならぬ務めがあるのだ)

藤次は内心で叫んだ。

「左源太。いま、どこに住んでいるのだ？」

「すまぬ。それは言えぬ。俺のほうから会いに来る」

「まだ、刺客を恐れているのか」

殿が繰り出した刺客のことを、工藤も知っていた。

「そのことだが、最近、殿は俺に刺客を放ったか」

「いや。聞いていない。二度の失敗に懲りて、もう刺客を放ってはいないはずだ。江戸屋敷にそれらしき侍の姿を見かけない」

「死神の蔦吉という男の名を聞いたことはないか」

「死神の蔦吉だと？　いや、聞いたことはない」

「そうか」

「その者は殺し屋か」

「そうだ。俺を狙っている」

「殿ではない。殿が刺客を放つときは、雰囲気でわかる。最近の殿は新しい側室に夢中だ。だから、そなたのことも忘れている」

「また側室か？」

藤次は呆《あき》れたように言った。

死神の蔦吉が殿の放った刺客でないとわかったいま、依頼人は別にいることになる。

誰が俺を殺そうとしているのか。藤次は思い浮かばない。

「周一郎。また、会おう」

「たまに顔を出せ。俺の長屋は長屋門の右手の真ん中辺りだ。格子戸に目印をつけておく。合図をしてくれたら覗《のぞ》くから」

「わかった」

「左源太。達者でな」

「うむ。では」

藤次は先に坂を下った。

死神の蔦吉が現れたのはお砂の家に行ってからだ。お砂と江差屋久右衛門が何かを知っているのではないか。いや、久右衛門はほんとうに海産物問屋『江差屋』の主人なのか。はじめてふたりに疑いを持った。

三

愛宕山から大伝馬町にやって来て、藤次は口入れ屋『松葉屋』の土間に入った。相変わらず、他の客と出会わない。これでよくやっていけるな、と不思議だ。

帳場机に落としていた顔を上げた亭主の三蔵は口元に笑みをたたえた。

「これは岩城さま。お久しぶりにございます」

「はて。そんなに久しいか」

藤次は真顔で答えた。

「どうかなさいましたか」

三蔵が不審そうな表情できいた。

「何がだ?」

「なんだか、いつもと様子が違います。ひょっとして、親しいお方にご不幸でも?」

「いや。なぜ、そんなことをきく?」

「まるで、通夜にでも行くような顔つきでございます」

はっとした。愛宕山で工藤と別れてから半刻《とき》(一時間)ほど歩いて来たが、まだ、友江のことが心に残っているのか。

「そうか。ちょっと疲れているのかもしれぬ」

「さようでございますか。それにしても、このような時間にお出《い》でになるのは珍しいことでございますが」

三蔵は窺《うかが》うようにきいた。

「少し、ききたいことがある」

「なんでございましょうか」

「元浜町のお砂という妾《めかけ》のことだ」

「はい」

「用心棒の依頼に、俺を指名してきたということであったな」

「はい。『大蔵屋』の用心棒をしたお侍さんをとのご指名でした」

ここで紹介されて、金貸しの『大蔵屋』の用心棒になった。不審な男がうろついているのに気づいた主人が念のためにと用心棒を頼んだのだ。主人の不安が的中し、押込みが入った。闇の五郎という盗賊一味だったが、藤次はたったひとりで退治したのだ。

「最初から、それが目的だったのか」

「そうです。入って来られてから、ここが、あの浪人さんを世話したお店ですねと確かめられました」

「で、そのときの浪人をという希望だったのだな」

「はい。ただし少しお高くなりますがと申し上げました」

仲介料をふんだくったのかと、藤次は苦い顔をした。

「二度目のときもか」

「はい。岩城さまをご指名で」

「そうか。わかった」

ふと思いついて、藤次はきいた。

「ここはどんな用でも引き受けるのか」

「はい。お望みのことならどんなことでもかなえて差し上げたいと思っております」

「殺しもか」

「はっ？」

意外な言葉だったらしく、三蔵は素《す》っ頓狂《とんきょう》な声を上げた。

「たとえば、殺し屋を雇いたいと頼めば世話をしてくれるのか」

「岩城さま。ご冗談を」

三蔵は苦笑した。

「では、そのような依頼を引き受けてくれるところを知っているか」

「とんでもない」

三蔵は手を振り、

「岩城さま。いったい、何ごとでございますか」

と、怪訝《けげん》な顔できいた。

「いや。なんでもない。邪魔をした」

「あっ、岩城さま。剣術道場の仕事が入っているのですが、いかがですか。条件もよいので、岩城さまにお世話をいたそうかと」

「そのうち、頼む」

まだ何か言いたそうな三蔵を残し、藤次は店を出た。

お砂と久右衛門が闇の五郎に連なる者だった可能性を考えた。かしらの五郎はひと月前に獄門になり、他の子分も死罪になったり、遠島の処分が下ったりした。闇の五郎の復讐《ふくしゅう》ということなら、俺を襲う理由がわかる。藤次はそう思った。

その足で、藤次は東堀留川に沿って小網町に出て、そのまま日本橋川沿いの鎧《よろい》河岸を過ぎて行徳河岸にやって来た。

海産物問屋の『江差屋』はすぐにわかった。

赤銅色に焼けた筋骨たくましい男たちが、河岸に停泊している荷足船から荷を『江差屋』の土蔵に運んでいる。沖合で停泊している菱垣《ひがき》回船から海産物を小型の船に積み替え、ここまで運んで来るのだ。

たいそうな活気である。

しばらく立っていたが、主人らしき男が出て来る気配はなかった。じかに訪ねるのも気が引けた。

陽がだいぶ傾いて来たので、藤次は諦《あきら》めて引き上げた。

翌日、藤次は再び行徳河岸にやって来た。

相変わらず、大八車が行き交っている。きのう運び込まれた品物が各地の乾物屋などに運ばれて行くのか。

昨夜も『ひさご屋』で、礒八と落ち合った。そこで、藤次は闇の五郎一味について訊《たず》ねた。礒八は仲間はいないはずだと答えた。

だが、礒八が知らないだけかもしれない。いずれにしろ、『江差屋』の主人に会えばはっきりすることだ。

四半刻（三十分）ほど経った。主人らしき男が手代を後ろに店先に出て来た。羽織を着た男を見て、藤次はあっと思った。

元浜町の家で会った久右衛門に間違いはなかった。藤次は近付いた。

久右衛門が顔をこっちに向けた。厳しい顔が一変した。

「これは岩城さまではございませんか」

「たまたまこの前を通りかかったのです。たいしたものでござるな」

藤次は店を見上げて言う。

「まあ、どうにか」

『江差屋』の主人に間違いなかった。だが、まだ、安心することは出来ないと思った。

久右衛門の前身だ。

銚子の博徒だったという。その頃より、闇の五郎とつながりがあったのかもしれない。

「岩城さま。私はこれから出かけなければなりません。今度、元浜町の家にお立ち寄りください」

「そうさせていただこう」

「では」

久右衛門は手代を供に武家地のほうに歩いて行った。

死神の蔦吉に殺しを依頼したということは、藤次に対して明確な殺意を抱いているということだ。

しかし、久右衛門からはそのような激しさを感じない。憎しみを隠しているのか。そのように思えなかった。かえって好意のようなものさえ感じられる。

闇の五郎とつながる人間が久右衛門とは限らない。お砂という女が五郎と関わっていたことも考えられる。

そういえば、死神の蔦吉が現れたのは二度目にお砂に雇われたあとだ。二度目のとき、久右衛門はいなかった。

お砂か……。藤次は首を横に振った。わからぬ。お砂からも敵意のようなものは感じなかったのだ。

しかし、このふたりのことは、伝七の件とは別だ。ただ、死神の蔦吉が共通しているだけだ。いったい、長崎屋政五郎はどうやって死神の蔦吉とつなぎをとったのか。

お砂なり久右衛門もまたどうやって死神の蔦吉とつなぎをとったのか。

　藤次は来た道を戻り、思案橋を渡った。

　四半刻《とき》（三十分）足らずで、三十間堀一丁目にある『長崎屋』の前にやって来た。ちょうど荷を積んだ大八車が着いた。筋骨隆々の車力が引っ張る大八車には荷がいっぱい積まれていた。荷は長崎から船便で届けられる。深川にある回船問屋の船を使っているということだ。

　車力の肩に色鮮やかな彫り物の一部が見えた。その白い牡丹《ぼたん》の絵柄を残像にとらえ、藤次は向かいの鼻緒屋に向かった。

　鼻緒屋の脇の路地で太一が見張っていた。

「どうだ？」

「まだ、気になるような人間の出入りはありません。さっき政五郎は外出しました。本町の呉服店に行って、四半刻で帰って来ました」

「そうか。政五郎が誰と会ったか、いちいち覚えておいてもらいたい」

「へい」

　あれから見張っているが、何の手がかりもなかった。

「儀八親分は深川か」

「へい。深川と本所辺りの賭場《とば》を探っています。岩城さま。ここで見張っていて何か摑《つか》めるんですかねえ」

太一は疑わしそうに顔を歪《ゆが》めた。

「わからぬ。何も摑めぬかもしれない。だが、いま出来ることはこれしかないのだ。きっと、何か得ることがあるはずだ」

彫り物の車力が空の大八車を引っ張って引き上げて行く。店の前に特に変わったことはなく、ときたま客が出入りをしていた。


その夜、夕餉《ゆうげ》を食べてから、俊太郎をお京に預けて、藤次は『ひさご屋』に行った。

二階の小部屋に、儀八だけがいた。

「太一はまだか」

藤次はきいた。

「へい。まだ『長崎屋』を見張っているのでしょう。それより、伝七の仲間らしき男の名がわかりましたぜ」

儀八が弾んだ声で言う。

「なに、わかったのか」

「へい。本所回向院裏の賭場で、例の特徴を持った男が見つかりました。卯平《うへい》という男です。ただ、最近は顔を見せていないそうですが」

「顔を見せていない？」

「へい」

「なぜだ？　なぜ、現れないのだ」

藤次は不安を持った。

しばらくして、太一が駆けつけて来た。

「ごくろう」

礒八が声をかけた。

「夕方、政五郎が出かけました。行き先は木挽《こびき》橋の袂《たもと》にある料理屋です。そこで、政五郎が会った相手は誰だと思いますね」

「誰だ？　もったいぶらずに教えろ」

礒八がいらだって急《せ》かす。

「奉行所の人間ですよ。与力」

「なに？」

「女中にきいたら、名前は浜尾さまだと教えてくれました」

「浜尾さまは旦那《だんな》の上役では……」

礒八は藤次に顔を向け、

「岩城さん。まさか？」

と、表情を強張《こわば》らせた。

「早計は禁物だ。伝七が忍び込んだ夜、『長崎屋』の奥座敷に浜尾どのが来ていたかどうか確かめよう」

「確かめるたってどうやって？」

「この前の女中だ。あの女中にきいてみよう。また、使いに出ることもあろう」

「わかりました。で、このことは稲瀬の旦那に話したほうがいいですかえ」

「はっきりしてからでいい。へたに知ると、あのひとはかっとなって浜尾どのを問い詰めかねない。そしたら、こっちの動きが筒抜けになってしまう」

「わかりやした」

「で、今夜もあの男はここに来るのか」

新之助のことだ。

「たぶん、今夜はあの後家のところだと思います」

「妻女がいるというのに」

藤次は苦い顔をした。

「悋気《りんき》持ちのご妻女ですからね」

半ば同情するように、儀八は言う。

儀八と太一は酒と肴《さかな》を注文した。それが届いてから、藤次は立ち上がった。

「岩城さん、帰ってしまうんですかえ」

「ふたりでやってくれ」

「でも、ここの勘定は、旦那が岩城さんを引きずり込んだからということで出してくれているんですぜ。岩城さんがいないのに……」

「なあに、気にするな」

「それより、帰り、だいじょうぶですかえ。死神の蔦吉が待ち伏せているかもしれませんぜ。あっしたちもいっしょに行きますぜ」

「いや。親分たちがいっしょなら現れぬ。案外と用心深いようだ。あの男は別の手だてを講じるだろう」

「そうですかえ」

「では、明日《あした》」

そう言い、藤次は部屋を出て梯子段《はしごだん》を下りた。

『ひさご屋』を出たところで、辺りに目を配った。不審なひと影はなかった。それでも、気を配りながら葭町の通りを浜町堀に向かった。

難波町裏河岸に帰って来たが、死神の蔦吉の影はなかった。長屋の路地木戸に入ろうとしたとき、はじめて背後にひとの気配がした。

はっと振り返った。いま曲がって来た町角に笠《かさ》をかぶった男が立っていた。が、次の瞬間、男は姿を消した。

　藤次は町角まで駆けた。しかし、ひと通りの絶えた通りに犬が横切っただけだ。しばらく佇《たたず》んでいたが、死神の蔦吉の気配はまったく感じられなかった。

藤次は長屋に戻った。木戸口で立ち止まり、もう一度振り返ったが、不審な気配はなかった。

路地を入り、住まいの前に立った。腰高障子を開けようとしたとき、何かが挟まっているのに気づいた。紙切れだ。

藤次はつまんで抜き取り、紙切れを開いた。

——明日夜五つ半（午後九時）、薬研堀《やげん》にて待つ
果たし状だ。死神の蔦吉にしても、いつまでも殺しの依頼を引き延ばすわけにはいかないだろう。

藤次が紙切れを丸めたとき、腰高障子がいきなり開いた。

「藤次さま、どうしたのですか」

お京が不審そうな顔で見ていた。

四

翌日。本郷の浮世絵師の家を調べ終えて、新之助は外に出た。部屋の中には裸の女の下絵などが散乱していたが、枕絵はなかった。

　これまで池之端《いけのはた》仲町から湯島、根津に住む浮世絵師を訊《たず》ねたが、手がかりはなかった。きょうは本郷まで足を延ばしたのだ。

　枕絵師は池之端仲町に住んでいる男だという版元の証言で、その男を調べたが、実作者ではなかった。ただ、実際の枕絵師に頼まれて、自分が描いたことにして版元と接触していただけなのだ。

　その男は実際の枕絵師のことを知らなかった。仕上がった枕絵を向こうの使いが持って来るのを待って版元に渡すだけだったという。

　枕絵を描いているのは世間で名の知れていない絵師なのであろう。その絵師を探すことは容易ではなさそうだった。

　だが、新之助には痛くも痒《かゆ》くもない。しょせん、この仕事は高野錦吾の手伝いであり、高野錦吾自身も乗り気の仕事ではないのだ。

　つまり、枕絵師を本気で探す気はなかった。与力の浜尾弥一兵衛にしても、新之助を伝七殺しから手を引かせようとして考え出したことなのだ。

おそらく、『長崎屋』からの苦情により、浜尾が動いたものと思える。いくら多額の付け届けをもらっているからとはいえ、『長崎屋』の訴えに唯々諾々として従うとは見下げたものだと思うが、こっちにはっきりした証拠があるわけではないので、あまり強く反論は出来なかった。

ともかく、しゃかりきになって探索をする必要がないので、いまの新之助は時間が十分にとれる。

陽が少し傾いてから、新之助は早々と絵師の探索を切り上げ、本郷通りを横山町に急いだ。

おとよという後家が住んでいる。ゆうべも家に呼ばれて酒を馳走《ちそう》になり、まだ指一本触れていないが、いつでも落ちる風情なのだ。

昌平橋《しょうへい》を渡り、八辻《つじ》ヶ原を突っ切り、柳原通りに入る。おとよは三十過ぎの大年増《おおどしま》だが、色白で、流し目と受け口の唇がたまらなく色っぽい。あの女となら一度ぐらいは浮気《うわき》をしてみたい。そう思うと、無意識のうちに顔が綻《ほころ》んできた。

新し橋のほうで騒ぎ声がして、新之助は足を止めた。

何か叫びながら、数人の男が新し橋のほうに向かって行く。新之助は床見世の古着屋の亭主に声をかけた。

「何の騒ぎだ？」

「へえ、ひとが死んでいたそうです」

「なに、ひとが？」

新之助は舌打ちした。死人と聞いて、そのまま立ち去るわけにはいかなかった。脳裏を掠《かす》めたおとよの顔を振り払い、新之助は人びとがたむろしているほうに向かった。

新し橋の下に、男が仰向けに倒れていた。

「あっ、稲瀬さま」

すでに駆けつけていた豊島《としま》町の町役人の男があいさつをした。

「どうした、行き倒れか」

「いえ、殺されたようです。肩と腹を斬られています」

「なに、殺し？」

新之助はホトケに近付いた。合掌してからしゃがみ込む。確かに、肩がざっくり割れて血が固まっていた。腹にも傷があった。刀で斬られている。歳の頃なら四十半ば。四角い顔をしている。小肥《こぶと》りのがっしりした体つき。おやっと思った。

「まさか」

新之助ははっとした。

帯にはさんであった煙草入れをつかんだ。名前は書いていない。懐に財布があったが、名前を記したものはない。

木戸番の若い番太郎を見つけ、新之助は声をかけた。

「岡っ引きの儀八を探し出し、ここに来るように伝えてくれ。そのとき、左官の留吉を連れてくるようにと」

「左官の留吉ですね。では、行って来ます」

番太郎は駆けだして行った。

もう一度、新之助は死体を検《あらた》めた。

体の硬直や血の固まり具合から死後半日ほど経っているようだ。殺されたのはゆうべ遅くか。顔にも殴られたような跡があった。それから、手首に縄目のような痣《あざ》が残っていた。

縛られていたのかもしれない。周囲の草に目を近づける。さらに土手の上まで調べた。が、血らしきものは見つからなかった。

殺しの現場はここではない。死体はどこぞから運ばれて来たのだ。おそらく、船だろうと思った。

儀八が留吉を連れて駆けつけたのは、死体が近くの豊島町の自身番に運ばれたあとだった。

「旦那《だんな》。遅くなりやした」

儀八のうしろに留吉がいた。

「留吉。ごくろうだ。すまないが、伝七といっしょにいた男かどうか検めてもらいたい」

「へい」

「こっちだ」

ホトケは自身番の裏手に戸板に載せられて横たわっていた。

儀八が筵《むしろ》をめくった。留吉がおそるおそる顔を覗《のぞ》き込む。吐き気を催したらしく、あわてて顔を背けた。深呼吸をしてから、もう一度、ホトケの顔を見た。

「似ています。このひとです」

「確かか」

「はい。右のこめかみの傷で思い出しました。確かに、この傷を見ました」

「そうか」

留吉が引き上げたあとで、手下の太一が遊び人ふうの三十年配の男を連れてやって来た。目つきの鋭い男だ。

「おう、こっちだ」

儀八が太一を呼んだ。

「旦那。この男は本所回向院裏の博徒です。聞き込みをしていたら、この男に出会いました」

「そうか。さっそく見てもらおう」

「へい。おう、こっちだ」

儀八は太一が連れてきた男に声をかけた。

男は新之助に軽く頭を下げ、儀八に従い、ホトケのそばに近寄った。

儀八が筵をめくる。留吉のように顔を背けるようなことはなかった。じっと、見つめてから、

「卯平です」

と、呟《つぶや》くように言った。

「卯平はどういう人間だ？」

新之助はきいた。

「へえ。賭場《とば》によく顔を出していました。なんでも、以前に詐欺を働いたとかで、北町の旦那が聞き込みに来たことがあります」

「なに、北町が？　それはいつのことだ？」

「ひと月ほど前です」

「北町の誰だ？」

「高木文蔵《たかぎぶんぞう》という同心です」

「高木どのは何をきいていた？」

「へえ。米沢町の反物問屋から大量の反物をだまし取って売りさばいたという疑いがかかっていたようです。でも、違ったようでしたが」

卯平は詐欺の疑いで北町の内偵を受けていたのか。ひょっとして、北町は伝七とのつながりもつかんでいるのだろうか。あとで調べてみようと、新之助は思った。

「卯平に家族は？」

「独り身です」

「伝七という男を知っているか」

「何度か見かけたことはあります」

「伝七と卯平は仲がよかったか」

「いえ、そこまではわかりません」

「そうか。ごくろうだった」

新之助は男に声をかけた。

男は礒八と太一に会釈をして引き上げて行った。

「旦那。伝七をやったのと同じ連中でしょうか」

「そう考えて間違いあるまい。伝七が捕まったあと、卯平はひとりで『長崎屋』を脅していたのかもしれぬ」

「しょせん、伝七や卯平たちが太刀打ち出来るような敵ではなかったってことですね」

「そうだ」

「やはり、長崎屋の仕業でしょうか」

「証拠はないが、そう見て間違いない。残念なことをした」

新之助は落胆して言った。

卯平が生きていたら、伝七が何をしたのかがわかったはずだ。『長崎屋』で何を盗み見し、盗み聞きをしたのか……。

「卯平はしばらくどこぞで監禁されていたようだ。そして、その監禁場所で斬られ、船で新し橋まで運ばれたのではないか」

「どこでしょうか、監禁されていたのは？」

「『長崎屋』の寮かもしれぬ。寮の場所を調べるのだ」

「わかりました。で、旦那」

儀八が真顔になって、

「殺しが発生したのです。旦那はまたこの殺しの探索に戻られるんじゃないですかえ」

「そうだ。この殺しに長崎屋が絡んでいるとはまだ誰も知らないはずだからな」

浜尾弥一兵衛もこの探索まで抑えることは出来まい。新之助はそう思った。

夕方に、新之助は奉行所に戻った。

すぐに浜尾弥一兵衛に面会を求め、年番与力部屋の隣の小部屋で差し向かいになった。

「じつは、枕絵師探索の途上、神田川の新し橋下で殺しの死体が発見され……」

「あいや、待たれよ」

浜尾は手を上げて新之助の言葉を制した。

「その件なら、さきほど北町奉行所より申し入れがあった。かねて、卯平については内偵中であり、この事件は北町の預かりにしてもらいたいと」

「えっ」

新之助は絶句した。

「ちょっとお待ちください。卯平の死体に最初に行き当たったのは私でして……」

浜尾の鋭い顔に、新之助は途中で言葉を止めた。

「よいか。そなたには枕絵の探索を頼んでいるのだ」

「しかし、それより殺しのほうが重大事では？」

新之助はなんとか反論した。

「誰が殺されたのだ？」

「卯平という男です」

何をわかりきったことをきくのだと、新之助はいらだった。

「そうだ。北町が詐欺の疑いで追っていた人間だ。そのような男が殺されたのは、いわば自業自得だ。町の衆が被害に遭ったというならともかく、そのような人間の事件は北町に任せておけばよい。それより、枕絵師のほうをしっかり調べよ」

と、浜尾は扇子で自分の膝《ひざ》を叩《たた》いた。甲高い音がした。

「はっ」

新之助は低頭した。

顔を上げたとき、すでに浜尾は立ち上がって体の向きを変えていた。

新之助は愕然《がくぜん》とした。予想外の結果だった。なぜ、枕絵のほうを優先させるのか。

ひょっとして、卯平殺しの探索も長崎屋の意向を汲《く》んでいるのではないか。なぜ、浜尾はそこまで長崎屋のことを……。

その夜、新之助は夕餉《ゆうげ》をとったあと、北町定町廻《まわ》り同心の高木文蔵の屋敷を訪れた。

北と南とに分かれていても、大きな事件ではいっしょに行動することもあり、面識はある。

新之助が玄関で応対に出た若党に訪問を告げると、声を聞いたらしく奥から高木文蔵が出て来た。

「稲瀬か。珍しいな、まあ上がれ」

「失礼します」

高木は自ら新之助を客間に通した。

高木は四十過ぎで定町廻り同心の大先輩である。

「まさか、卯平の事件のことで文句を言いに来たわけではあるまいな」

高木は冗談混じりに言った。

「いえ、とんでもない。ただ、卯平のことで教えていただきたいことがございまして」

「なんだ？」

「卯平を内偵していた理由はなんでございましょうか」

「うむ。去年の師走《しわす》、米沢町の反物問屋から反物がだまし取られた。本物の得意先が来る前にひとりの男がやって来て、荷を担いで行った。金額にして五十両ぐらいの反物だ。その男が引き上げたあとに本物が現れて、反物問屋ははじめてだまし取られたと気づいた。反物を担いで逃げた男の特徴が卯平にそっくりだった」

高木は息継ぎをしてから、

「たったひとりでの大胆な犯行だ。奉公人の目撃した男を探していくうちに特徴がそっくりな男を見つけた。それが卯平だった。こっそり奉公人に見てもらったが、似ているようでもあるし似ていないようでもあるというあやふやな返事だった。証拠もなく、卯平の内偵を続けていたというわけだ」

「内偵は最近まで続いていたのですか」

「いや、二月に入ってから中断した。その間、奴はまったく尻尾《しっぽ》を出さなかった。だから、シロかもしれないと思いはじめていたのだ。そしたら、きょう死体で見つかったという。きっと仲間割れではないか。そう考えたのだ。諦《あきら》めるのが早すぎた。もっと内偵を続けておれば、仲間と接触するところを確かめられたのだが」

高木は悔しそうに言った。

「そうですか」

どうやら、卯平が伝七と会っていたことは知らないようだ。もちろん、そのことを教えるつもりはない。

「卯平が反物をどこに捌《さば》いたかもわからないのですね」

「わからなかった。じつは、そこが我らの狙いなのだ。盗品を買い取る一味がいる。卯平を突破口にそこまで辿《たど》り着こうとしていた」

「そういうことですか」

「稲瀬。そなた、卯平のことに興味を持っているようだが、そのわけをきこう」

「いえ、じつはたまたま死体発見に行き合わせたもので……」

「だから、我らの預かりになったことが気に入らず、厭《いや》味のひとつでも言わないと気が収まらない。そう思ってやって来たのであろう」

「違います。ただ、内偵していた事件がどんなものだったのか、知りたかっただけなのです。夜分、押しかけてすみませんでした」

「なんだか、合点がいかぬな」

高木が腕組みをした。

「何がでございましょう」

「それだけの理由で、わざわざ俺のところに来るだろうか」

高木は鋭く睨《にら》み付け、

「何か隠しているのではないか」

と、問い詰めるようにきいた。

「滅相もない」

新之助はあわてた。

伝七とのことや『長崎屋』のことが頭になければ、真相には届くまい。おそらく、捜索は難航するだろう。匙《さじ》を投げたとき、改めてこっちが乗り出せばいいのだ。

「まあ、いいだろう」

「はい。それでは私はこれで」

新之助は腰を浮かした。

「あっ、もうひとつお伺いしてよろしいでしょうか」

再び腰を下ろして、新之助は切り出した。

「卯平には親しくつきあっている人間はいたのでしょうか」

「いや。あの男はひととつるむことは嫌いだったようだ」

その点は伝七と似ているようだ。

「おそらく、奪った品物を買ってくれる相手にも、必要以上に近付かないのに違いない」

「高木さまは事件をどのように？」

「たぶん、盗んだ品物の買い取りの値段のことでもめたのかもしれない。今度こそ、盗品買い取りの一味を見つけてみせる」

高木は意気込んだ。

玄関まで高木に見送られて、新之助は高木の屋敷を出た。

北町は『長崎屋』のことを知らない。盗品買い取りの一味に目を向けているようでは真相には辿り着けまい。

だが、それにしても、浜尾弥一兵衛の態度が理解出来ない。まるで、卯平と『長崎屋』が関係していることがわかっていて……。

（まさか）

新之助ははっとした。

先日、藤次は『長崎屋』に出入りの人間を調べると言ったあとで、特にと言いながら言葉を止めた。

俺の前では言いづらかったのではないか。つまり、あのとき、藤次はこう言いたかったのだ。

『長崎屋』に出入りをする人間の中に奉行所の者がいるかどうかを調べろ、と。

激しい衝撃に襲われ、新之助は目がくらんでよろけた。そんなはずはない。あの浜尾さまが、という思いの一方で、そうだとすると探索をやめさせた浜尾の心がはっきり見えてくる。

あり得ない。そう思いながらも、浜尾に対する疑惑がどんどん膨らんでいくのを止めようにも止められなかった。

五

その日の夕方、藤次はいつもよりよぶんに俊太郎に稽古《けいこ》をつけた。最後はふらふらになっても俊太郎は踏ん張った。

だが、これまでと稽古の終わりを告げ、木剣を引いて礼をしたあと、俊太郎はいつものようにくずおれ、あわててお京が駆け寄って助け起こした。先に部屋に戻り、足を濯《すす》いで部屋に上がった。しばらくして、俊太郎とお京が戻って来た。俊太郎は井戸端で汗を拭《ふ》いてきたのだ。

「俊太郎。この調子で、武芸にも励むのだ。文武ともに怠りなく。よいな」

藤次は俊太郎に言い聞かす。

「はい。わかっております」

「長屋の子たちのように遊びたかろう。だが、そなたは武士の子である。今は浪人の子であるが、いつしかそなたは仕官をし、父を超える人間になってもらいたい。よいな」

「はい」

俊太郎は大きく弾んだ声で返事をした。

「よし」

藤次ははじめて微笑んだ。

ふと台所からお京が厳しい顔を向けているのに気づいた。覚えず、藤次は顔をそむけた。

お京が夕餉《ゆうげ》の支度をした。

「お京さん。きょうはいっしょに食べてくれぬか」

「でも」

お京はためらいを見せた。

「このとおりだ」

藤次は頭を下げた。

これから死地に臨む。もう二度とここに帰れぬかもしれぬ。死神の蔦吉は幾多の喧《けん》嘩《か》や殺し合いを経験してきて我流の技を身につけたに違いない。その自由奔放な技にどうやって対することが出来るか、その手だてはいまだに見つかっていない。

あの男は伝七を殺すためにあえて牢《ろう》内に入ったほどの男だ。それも荒くれ者が多く収容されている無宿牢に入り込んだのである。驚愕《きょうがく》すべきほどの豪胆さだ。

「わかりました。喜んでごいっしょさせていただきます」

お京の声で、藤次は吾《われ》に返った。

お京は三人ぶんの食事の支度をし、膳《ぜん》を三つ向かい合うように並べた。炊きたてのご飯に煮魚、和《あ》え物、お新香《しんこ》におみおつけ、それにもう一品、俊太郎の大好物の玉子焼きが出ていた。

「ご馳走《ちそう》だ」

藤次はつぶやいた。

三人で食事をしながら、家族とはこういうものかもしれないと思った。俺にはこういう家庭は持てないのだと胸を切なくする。

夕餉が終わり、藤次はお京に言った。

「また、今夜も出かけなければならない。俊太郎のことをよろしく頼む」

「はい」

「もし……」

藤次は言いさした。そして、別の言葉を選んだ。

「もしかしたら、先方に泊まるようになるかもしれない。もし、私が帰って来なかったら、この手紙をある所に届けて欲しい。宛て先は中に書いてある。もちろん、帰って来たら私が届けるので返してもらう」

そう言い、ゆうべ書き記した文をお京に渡した。中は、お京宛ての文だ。俊太郎の出生の秘密を明かし、俊太郎の今後をお京に託する文面である。

手紙を胸に当て、お京は震えていた。異常な事態を察したのかもしれない。

「心配するようなことではない」

あえて言い、藤次は笑みを浮かべたが表情は強張《こわば》っていたかもしれない。

「俊太郎。お京さんの言うことをよく聞くのだ。よいな」

「父上」

俊太郎は泣きそうな目を向けた。

こんな幼子でも、何かを察するのか。

「俊太郎。そなたは武士の子ぞ」

「はい」

俊太郎は歯を食いしばった。

五つ（午後八時）を過ぎ、藤次は刀を手に立ち上がった。

「では、出かけてくる」

「はい。行ってらっしゃいませ」

俊太郎は畏《かしこ》まって辞儀をした。

外まで、お京が見送りに出て来た。

「お京さん。あとを頼んだ」

「藤次さま。お帰りをお待ちしています」

お京は声を振り絞るように言った。

木戸口で振り返ると、お京が立っている。未練を断ち切るように、藤次は長屋を飛び出し、薬研堀に向かった。

浜町堀を渡り、武家地を抜ける。途中にある辻《つじ》番所の提灯《ちょうちん》の明かりが寂しそうに灯《とも》っている。

薬研堀に着いた。薬研堀埋立地に立った。風が出て来た。生暖かい風だ。月が雲間に隠れると、漆黒の闇に包まれる。再び、月が顔を出した。

約束の五つ半（午後九時）にはまだ間がある。だが、死神の蔦吉はどこぞでこっちを見ているかもしれない。

死神の蔦吉の依頼人が誰か。結局、わからないままだ。最初は、かつて仕えていた芦野家の殿が差し向けた刺客かと思った。次に考えたのは闇の五郎一味の生き残りによる復讐《ふくしゅう》だ。それも違った今、いったい、誰に恨まれているのか、見当がつかない。

藤次は原っぱの真ん中に立っている。

草を踏みしめる音がした。振り向くと、十間（約十八・二メートル）以上先に黒い影が現れた。笠《かさ》をかぶった男だ。

「死神の蔦吉、待っていた」

藤次は声を張り上げた。

蔦吉が笠をはずした。細面の鋭い顔だちだ。つり上がりぎみの目は死人のように暗い。亀吉の人相と同じだ。

今宵《こよい》で決着をつけるという意志の現れだろう。ゆっくり近付いて来た。藤次も前に進んだ。

両者の間隔が十間以内に縮まった。

「蔦吉。教えてもらいたい。俺を殺《や》るように依頼したのは誰だ。俺には恨まれる理由がわからぬ」

蔦吉から返事はない。

足の進みが速くなった。手が懐に入った。

「待て。今宵で、おまえか俺のどちらかが死ぬ。ならば、教えて欲しい。おまえの依頼主は誰だ？」

やはり、蔦吉は無言だ。すでに、匕首《あいくち》を握っていた。

いきなり、蔦吉が地を蹴《け》った。凄《すさ》まじい勢いで突進して来た。藤次は抜刀し、近付いて来たところを真っ二つに斬りつけようと、剣を上段に構えた。

相手が目の前に迫った。

「覚悟」

藤次は叫び、剣を振り下ろした。だが、剣は空を切った。寸前で、相手は藤次の右横にでんぐり返った。すぐに起き上がるや、今度は横合いから突進してきた。藤次は腰を落としたまま、剣を横に薙《な》いだ。次の瞬間、相手は跳躍した。突き出した相手の足が藤次の眼前に迫った。横っ飛びに倒れて逃れた。

藤次がすぐに体勢を立て直すと、相手も休むことなく、向きを変えてまたも突進してきた。藤次も相手に向かって足を踏み込んだ。すれ違いざまに相手の脾腹《ひばら》を払った。が、それより早く、相手は横に飛んでいた。

呆《あき》れ返るほどの無謀な相手の攻撃に、藤次は翻弄されていた。こっちから仕掛けようにも間合いがまったく摑《つか》めないのだ。

またも相手が動いた。脇腹に匕首を構え、体を丸めて体当たりをするように突進して来た。

まさに無防備だ。どうぞ斬ってくださいといわんばかりの体勢だ。藤次は剣を突き出した。その下をかいくぐって、相手は横をすり抜けた。

相手は今度は匕首を逆手に握った。またも猛然と襲って来た。その勢いに押され、藤次は迫って来た匕首をはじき返すのが精一杯だった。

ふと気づくと、左腕から血が出ていた。いつ斬られたものかわからない。剣術の基本さえ知らないような相手に、藤次は手こずっている。

明らかに気合で負けている。ただ、殺すという明確な意志で攻撃してくる。ひと殺しの申し子のような男だ。

相手の素早い動きに間合いが測れない。このままでは守勢一方だ。

何か手だてがあるはずだ。追い詰められて、藤次は懸命に方策を考えた。だが、気の問題だと悟った。

相手は結果など考えず、ただ藤次を仕留めることしか頭にない。相手を上回る気合が必要だ。だが、藤次には相手を殺すという憎しみは抱けなかった。

その間にも、相手は迫って来た。ふと、その足元を見た。自由自在に攻撃を仕掛けてくる蔦吉の大元になるのは足の動きだ。並外れた足の筋肉の強さが蔦吉の自信のよりどころだ。

またも突進してきた。藤次は腰を落とし、剣を横に薙いだ。相手は跳躍した。藤次は横っ飛びに身をかわした。

だが、すぐに凄まじい攻撃が襲いかかった。藤次は踏み込んだ。剣は空を切り、相手は横をすり抜けた。匕首の切っ先が藤次の首筋をかすめた。

藤次は相手の動きの特徴を摑んだ。剣を横に薙いだとき、相手は跳躍する。勝機はそこだと思った。

雲が切れ、月影が射している。耳に入るのは風の音だけだ。剣を上段に構え、藤次のほうから仕掛けた。大胆にも、相手は突進して来た。剣を振り下ろす。相手は体をかわしながら匕首を突き出した。藤次の着物の袂《たもと》が裂けた。

その後も激しい闘争を繰り返し、いよいよ藤次は頃合いを見計らった。相手を跳躍させるのだ。

相手が腰に匕首を構え、向かって来た。藤次は腰を落とし、剣を横に薙いだ。相手が跳躍した。

その刹那《せつな》、藤次は素早く左手で脇差しを抜き、迫って来た相手の足に切っ先を向け、突き上げた。ぐえっという奇妙な呻《うめ》き声とともに、相手は地に下り立ったあとつんのめった。そして、そのままうずくまった。右足から血が滲《にじ》んでいた。

藤次は肩で大きく息をしていた。

刀を鞘《さや》に納め、藤次は死神の蔦吉のそばに駆け寄った。

「蔦吉。そなたの負けだ。依頼人の名を話してくれ」

「……」

激しい痛みを懸命に耐えているのだろう、青ざめた顔は苦痛に歪《ゆが》んでいる。

「待っていろ。誰か呼んでくる」

手拭《てぬぐ》いで足の傷口を縛ってやってから、藤次はかなたに見える自身番の明かりに向かって走った。

「薬研堀に怪我人がいる。医者に連れて行ってもらいたい」

藤次は名乗ってから頼んだ。

向かいの木戸番屋の番人も手を貸してくれて、大八車を引っ張って現場に戻った。

藤次はあっと目を疑った。

蔦吉の姿がなかった。あの怪我で逃げたのか。片足で、そんなに遠くに行けないはずだ。手分けして周囲を探したが、蔦吉の姿はなかった。

ただ、地べたに血が残っていたので怪我人がいたことは、自身番の者たちに信用してもらえた。

「岩城さま。明日《あした》明るくなってから、改めて調べてみます」

店番《たなばん》の者が言うのに、異を唱えることは出来なかった。

腑《ふ》に落ちないまま、藤次は帰途についた。あの近所に蔦吉の知り合いの家があったのかもしれない。しかし、その調べも明日だ。

長屋に戻って来た。とうに四つ（午後十時）を過ぎており、木戸は閉まっていた。大家に開けてもらい、藤次は路地に入った。家の前に、お京が立っていた。

よろけるようにお京が駆け寄った。

「ご無事で」

「待っていてくれたのか」

お京はいきなり藤次の胸にしがみついた。

「どんなに心配したか」

「すまなかった」

藤次はお京の細い肩に手をまわした。

お京の温もりを感じながら、生きて帰ったのだと、藤次はしみじみ思った。

第四章　単独行

一

翌朝、藤次は薬研堀に来ていた。明るい陽光を受けて堀の水面はきらめき、堀端の柳の葉が濃い緑色に輝いていた。

「岩城さん、いませんぜ」

周辺の民家を調べていた儀八が戻って来た。

「いないか」

釈然としないまま、藤次はつぶやいた。

薬研堀の西側は武家地であり、小禄《ろく》の武士の屋敷が続いている。武家屋敷に逃げ込んだのか。

そうなると、探索は難しいかもしれない。ただ、蔦吉は大怪我をしているのだ。独力で、遠くまで歩けない。だとしたら、誰か助け出すものがいたのか。

太一が走って来た。

「町医者を三軒当たりましたが、ゆうべやって来た怪我人はいないということです」

残るは武家屋敷に助け出した仲間がいたということになる。だが、蔦吉に仲間がいたとは思えない。だとしたら、依頼人かもしれない。

見届けのために、依頼人が遠くから様子を見ていたのだろうか。神経を蔦吉に集めていたので、他の人間がいたことに気づかなかったのか。

「不思議だ」

藤次は首をひねった。

「残念ですね。蔦吉を問い詰めれば、伝七殺しの真相がわかるんですがねえ」

儀八が悔しそうに言った。

「いや、あの男は口を割らない。強固な心を持った男だ。俺を殺すように命じた依頼人の名も告げようとしなかった。わざわざ殺しのために牢《ろう》内に入り込むほどの男だ。殺し屋なりの矜持《きょうじ》があったのであろう」

藤次は感慨を込めて言った。

恐ろしい男だった。ひとを殺すことに生きがいを見いだして来たような人間だった。

だが、おそらくもう右足は使えまい。殺し屋としてやって行くことは不可能だ。だとしたら……。

藤次の胸にさっと不安が萌《きざ》した。

「蔦吉は自害するかもしれぬ」

「自害ですって」

「蔦吉は、ひとを殺すことに生きがいを感じていたのだろう。それが出来なくなるとなれば、死んだも同然だ」

「ひょっとして堀の中に」

儀八が叫んだ。

「わからぬが」

堀まで這《は》って、自ら喉《のど》を突き刺して堀に飛び込んだ。儀八もそう考えたようだ。

「いえ、念のためです。堀を探してみましょう」

儀八は探索に借り出した町の若い衆に、船を出し薬研堀を調べるように命じた。

やはり、堀に飛び込んだのだろうか。

それにしても、恐ろしい男だった。あの男の気合は見事なものだ。はじめから、俺は蔦吉に気合負けをしていたのかもしれない。

剣のいろはも知らぬようでいて、直心影流の極意をものにした藤次の剣を翻弄した。

子どもの頃から生死をかけた勝負に挑んで来た男に違いない。

問いかけにも応じようとしなかった。殺すという一事だけに専心し、他の一切を排除した。あの男には他に生きていく喜びはあったのだろうか。

藤次は死闘を繰り返した相手だけに、なんとなく心が惹《ひ》かれるものがあった。

薬研堀に小舟が出た。儀八は陸《おか》から堀を眺めている。

藤次はゆうべのことを思い出す。跳躍してきた蔦吉の右足首を脇差しで突き刺した。かなりの深手だ。それほど遠くに行けたとは思えない。

そのとき、河口にかかる元柳橋のほうで騒ぎ声がした。何か叫んでいる。

儀八が駆け寄って来た。

「死体が見つかったようです」

「そうか」

胸に痛みを覚えた。

深呼吸をしてから、藤次は堀沿いを元柳橋に向かった。

死体はいったん船に上げられ、岸についてから男たちの手で陸に引き上げられた。

藤次は死体の顔を見た。髷《まげ》は水に濡《ぬ》れて、ほつれ毛が額や頬に張りついていた。

「蔦吉だ」

藤次はつぶやいた。

やはり、死んでいたかと、藤次はしんみりとなった。

気を取り直し、傷を調べる。藤次はおやっと思った。右の首筋に深い傷があった。

藤次はしゃがんでその傷を子細に調べた。

「岩城さん。どうかしたんですかえ」

儀八が覗《のぞ》き込んだ。

「この傷、自分でやったものではない」

「えっ、どういうことですかえ」

藤次は立ち上がった。

儀八が傷を調べた。

あっと叫んで、儀八は立ち上がった。

「左利きですね」

「そうだ。蔦吉は右利きだ」

「いったい、誰が？」

「うむ」

藤次はゆうべのことを思い出した。あの現場に第三者がいたかどうか。蔦吉との決闘に集中していて気づかなかったが、誰かがいたのだ。

依頼主はどうしてきのうの場所にいたのか。藤次を殺す現場に立ち会いたいと蔦吉に申し入れていたのか。

だが、失敗した。その制裁だったのか。

いったい、依頼主は誰か。

そのとき、左利きのことで思い出したことがあった。元浜町のお砂の家に久右衛門の用心棒で泊まり込んでいたときのことだ。

浪人者と遊び人ふうの男が押し入った。そのときの遊び人ふうの男は匕首《あいくち》を左手に構えていた。つまり、左利きだった。

いや、たまたま同じ左利きだっただけか。しかし、あのふたりの殺し屋を送り込んだ者もはっきりしないのだ。

久右衛門は、義理の父親である先代の『江差屋』の主人の弟五兵衛の仕業を示唆した。しかし、五兵衛は病床にあり、殺し屋を雇うことは出来ない。倅《せがれ》のほうは、久右衛門を殺すほど憎んではいないようだった。

そもそもの出発は久右衛門の用心棒をしたときからはじまる。銚子の博徒だったという前身から、金貸しの『大蔵屋』に押し入った盗賊の闇の五郎一味と親しい関係にあったのかとも考えた。

やはり、久右衛門あるいはお砂が何らかの形で絡んでいるのではないか。

「親分。ちょっと調べたいことがある。あとを頼んだ」

儀八に言い、藤次は元浜町にあるお砂の家に向かった。

浜町堀にかかる千鳥橋を渡ると、元浜町である。

藤次はお砂の家にやって来た。門を入り、格子戸を開けて中に呼びかけた。

すぐにお砂が出て来た。

「まあ、岩城さまではございませんか。さあ、どうぞ、お上がりください」

「いや、久右衛門どのにお会いしたいのだ」

「うちの旦那《だんな》も岩城さまと酒を酌み交わしたいと言ってました。今夜、いかがですか。

旦那も来ることになっています」

「それでは、今夜お邪魔いたす」

「はい。お待ちしております」

藤次はお砂の家を出てから、芝口一丁目に向かった。


半刻《とき》（一時間）後に、藤次は乾物屋『湊屋』の離れで、五兵衛と会った。

五兵衛は半身を起こし、藤次の問いかけに答えてくれた。

「『江差屋』の久右衛門どのは、以前は銚子の博徒だったと聞きました。それは間違いないのでしょうか」

「そうです。兄にうまく取り入り、娘婿に収まった。店を乗っ取ったも同然なんだ」

五兵衛は声を震わせて続けた。

「外に女までこしらえて。ただ、あの男のおかげで店は大きくなったのですが……」

「相当なやり手だったのですか」

「ええ。ひとに取り入るのが得意でした。うまみのある人間には付け届けをして歓心を買う。そういう商売をやって来たんです」

五兵衛は激しい口調になった。

「先日お訪ねしたとき、久右衛門が金を貸すという申し出に対して、五兵衛どのはこう仰《おっしゃ》った。わしの口を封じようと言うのだ。盗人猛々《ぬすっとたけだけ》しいとはこのことだ、と」

「はい」

「これはどういうことですか」

「兄は五年前に酔っぱらって川にはまって溺《おぼ》れ死にました。私は、あの男に殺されたと思っているんです」

「何か根拠でも」

「あの頃、商売のやり方で兄とあの男は激しく対立していました。兄も、あいつのやりかたは許せないと言っていたのです。兄は地道にやろうとしていたのに、奴は大名家に食い込もうとしていた。また、回船業にも手を広げようとしていたのです。兄がいなくなって、奴の好き放題です。まあ、結果的には店は大きくなりましたが。私が兄を殺したと騒ぐのをやめさせようと、『湊屋』に援助の申し入れをしてくるのです。私は断っていますが、倅は援助が欲しいみたいで」

「なるほど」

藤次は頷《うなず》いてから、

「じつは、少し前のことになりますが、久右衛門どのが何者かに命を狙われているということで私が用心棒を引き受けました。すると、案の定、夜中に賊が押し入りました。あとで久右衛門どのに確かめたところ……」

「私が殺し屋を差し向けたと言ったのですね」

最後まで言わせずに、五兵衛が口にした。

「ええ」

「もし私に狙われていると知ったら、あの男はその前に私を殺しに来ますよ」

「久右衛門どのが闇の五郎という盗賊一味とつながりがあるかどうか知りませんか」

「闇の五郎？　いえ、知りません」

「死神の蔦吉という名を聞いたことは？」

「いえ」

「そうですか」

手がかりは摑《つか》めなかったが、ひとつだけはっきりしたことがあった。久右衛門は誰にも狙われてはいないということだ。

では、なぜ、『松葉屋』を通して用心棒を頼んだのか。

五兵衛の家を辞去し、東海道を日本橋方面に向かいながら、そのことを考え続けた。

最初から藤次を用心棒にするつもりで、久右衛門はお砂を『松葉屋』に行かせたのだ。そして、思惑どおり藤次を雇った。

目的は何か。殺すためだ。最初の夜に押し入った賊はじつは久右衛門を殺す目的ではなく、藤次を襲うために押し入ったのではないか。

だが、あの浪人と遊び人ふうの男は失敗した。そこで、改めて死神の蔦吉に藤次殺しを依頼した。そう考えるほうが矛盾がないようだ。

ただ、理由がわからない。唯一理解出来るとしたら、闇の五郎の線だけだ。果たして、久右衛門、あるいはお砂は闇の五郎とつながりある人間なのか。

そのことも今夜はっきりさせる。そう決意して、藤次はいったん長屋に戻った。

俊太郎との稽古《けいこ》をすませ、いつものようにお京にあとをゆだね、藤次は元浜町のお砂の家に向かった。

家を訪問すると、久右衛門が直々に迎えに出た。

「よくお出《い》でくださいました。さあ、どうぞ」

「では、失礼する」

腰から刀を外し、藤次は居間に招じられた。

すでに酒膳《ぜん》が用意されていた。

それに尾頭付きの鯛《たい》の塩焼きが皿に載っていた。

「これはなんと贅沢《ぜいたく》な」

藤次は感嘆の声を上げた。

「じつは、商売上の心配事が解決いたしました。その祝いです」

「ほう」

お砂が燗《かん》のついた酒を持って来た。

「さあ、岩城さま」

銚子《ちょうし》を差し出した。

「すまぬ」

藤次は猪口《ちょこ》を摑んだ。

久右衛門の猪口にも酒を注いでから、お砂は手酌で自分の猪口に注いだ。

「岩城さま。こうして、あなたさまと酒を酌み交わすことが出来て、この久右衛門、仕合わせにございます」

生き残った藤次への厭味《いやみ》でもなかったようだ。久右衛門の笑顔の裏に、よこしまな思いが隠れているようには思えなかった。

それはお砂も同様だった。

はてと、またも藤次はわからなくなった。

「さあ、お箸《はし》をおつけください」

お砂が勧める。

しばらく酒を酌み交わしたあとで、藤次は思い切って切り出した。

「久右衛門どのは銚子の出身ということですが」

「はい。漁師の倅《せがれ》でしたが、やがて博打《ばくち》にのめり込みましてね。二十四歳のときに足を洗うつもりで江戸に出ました。縁あって、『江差屋』の先代に見込まれ、奉公するようになりました」

言葉を切り、久右衛門は酒を喉《のど》に流し込んだ。

「いまや、あれだけの大店《おおだな》の主人だ。たいしたものでござる」

「いえ、たまたま運がよかったのでございますよ」

「久右衛門どの。改めてお伺いいたすが、私が最初に用心棒を務めたとき、ここに押し入った賊は何者でござるか。あの者たちの依頼主は？」

「そのことでございますか」

久右衛門は目を細めた。

「いつぞやも申しましたように、私は強引な商売をしてきました。陰で私を恨んでいるものも多かろうと思います。でも、殺し屋を雇うほどの人間だとしたら、五兵衛さんかとも思いました。でも、五兵衛さんは数年前から病に臥《ふ》しているとのこと。そこで、あとから思い出した人間がおりました」

「誰ですか」

「お砂の許嫁《いいなずけ》です」

「許嫁？」

藤次はお砂に目をやった。

お砂は目を伏せた。

「私が強引に金でお砂と別れさせたのです。ですが、やはり未練があったのでしょう」

「二度目に岩城さまに用心棒に来てもらったのも、その男が家の近くをうろついていたようだったからなのです」

お砂が口を入れた。

「なぜ、そのことを仰っていただけなかったのですか」

藤次はお砂の目を見つめてきいた。

「別に隠すつもりではなかったんです。ただ、みっともない話なので、言いづらかったのです」

お砂は俯《うつむ》いて言った。

「で、その男の仕業かどうか確かめたのですか」

「いいえ、証拠もありませんし。それに、あれから、何ごともないようなので」

久右衛門は笑いながら答えてから、

「それより、岩城さま。いかがでしょうか、私どものお店で働きませぬか。あなたさまのように強いお方がいらっしゃると心強いものですから。月々の手当てはそれ相応のことはさせていただきます」

と、誘った。

「いや、買いかぶりでござる。私より強い人間はざらにいる」

「いいえ。あなたさまの腕は評判どおりでございました」

「評判？」

「はい。ほれ金貸しの『大蔵屋』に押し入った盗賊をたったひとりで退治した話は私の耳にも届いていました」

「闇の五郎という盗賊です。久右衛門どのはご存じですか」

藤次は久右衛門の顔を凝視した。

「はい。残虐非道な盗賊だという話は聞いたことがございます。仮に、盗賊が押し入っても岩城さまがいらっしゃれば安心出来ます。どうか、私どもの店に」

闇の五郎の名を出しても、久右衛門やお砂の表情に変化はなかった。やはり、無関係のようだ。

「ありがたいお話ですが、誰かに使われるより自由の身でいたいのです」

「まあ、急ぐ話ではありませぬ。考えておいてください」

さっきのお砂の許嫁の話がほんとうかどうかわからないが、少なくとも久右衛門とお砂からは敵意のようなものは感じなかった。だからといって、ふたりへの疑惑がまったくなくなったわけではない。

「さあ、どうぞ」

お砂が酌をした。

「すまぬ」

藤次はかなり酒を呑《の》んだ。

五つ（午後八時）の鐘が鳴りはじめた。

「そろそろ帰らぬと」

「まだ、いいではありませぬか」

お砂が引き留めた。

「もう呑めませぬ。かなり呑みました」

藤次は居住まいを正した。

「そろそろ失礼いたす。すっかり馳走《ちそう》になりました」

藤次は立ち上がった。が、少しよろける。

「失礼。だいぶ、酔ったようです」

「さようですか。岩城さま。また、お待ちしております」

久右衛門は微笑んだ。

ふたりに見送られて外に出る。

「心地よいので浜町堀を通って帰る」

「岩城さま、お気をつけて」

お砂の声を背中に聞いて、藤次は浜町堀に足を向けた。

藤次は千鳥足だ。よろけながら、少し歩いては立ち止まり、また思い出したように歩きだす。

浜町堀に出た。かなたに辻《つじ》番所の明かりが見えるだけで、ひと通りもなく、暗く寂しい道だ。

藤次はゆっくり歩く。川風が心地よい。幾つか橋の袂《たもと》を過ぎた。しかし、賊が現れる気配はなかった。

死神の蔦吉が暗殺に失敗した今、直ちに第二の攻撃を仕掛けてくるかもしれない。蔦吉に止《とど》めを刺したのは、口封じのためだ。

藤次を狙うなら、酔わせた帰りを襲う。この機を逃すはずはない。そう思っていたが、ついに賊は現れなかった。

藤次はしゃきっとして浜町堀の暗い道から足早に長屋に帰った。

俺の考えすぎだったのか。久右衛門とお砂の許嫁の話はほんとうだったのか。藤次は腑《ふ》に落ちないまま、腰高障子を開けた。

二

夕方、枕絵師の探索を早々と切り上げて、新之助は奉行所に戻って来た。

もちろん、なんの成果もない。もともとやる気がないのだから探索が捗《はかど》らないのは当たり前だが、さらにある疑惑を抱いてからは何も手につかなくなった。

奉行所の門を入った左手に仮牢《ろう》がある。吟味のために小伝馬町の牢屋敷から呼び出した容疑者を待たせておくところだ。

新之助は奉行所の潜《くぐ》り門を入って同心詰所に向かわず、仮牢に足を向けた。

明け烏の伝七もここで吟味がはじまるまで待った。伝七は大番屋の取り調べでは、

『長崎屋』に忍び込んだことを自白したが、吟味与力の前ではそのことを口にしなかった。

伝七が仮牢にいるとき、誰かが伝七に会いに来たのではないか。もちろん、浜尾弥一兵衛だ。

新之助は仮牢の番人に声をかけた。

「ちょっとききたいことがある」

「はっ。なんでございましょうか」

「明け烏の伝七という男を覚えているか」

「伝七……?」

「小伝馬町の牢内で死んだ男だ」

「ああ、あの男ですか。思い出しました。ずいぶん、元気のよい男でした」

「元気がよい?」

「へい。みな容疑者は不安そうな顔をしているのですが、伝七だけは意気軒昂《いきけんこう》っていう感じでした。変わった野郎だと印象に残ってました」

「そうか。ところで、伝七が仮牢にいる間、誰か伝七に会いに来た者はいるか」

「伝七に面会ってことですか」

「いや。奉行所の人間だ。たとえば、与力どの」

「与力？　そういえば……」

番人が何かを思い出したようだ。

「一度、浜尾さまがいらっしゃいました」

「そうか。で、浜尾さまは伝七と何か話していたのか」

「はい。ちょっと確かめたいことがあると言って、外に呼び出しました」

「いいか。このことは内聞にな。俺が来たことも口外してはならぬ。よいな」

「わかりました」

緊張した顔で、仮牢の番人が答えた。

仮牢を出てから、新之助は天を仰いだ。なんということだと、やりきれなかった。

伝七にどんな用があったのか、想像するに難くない。吟味の場で、『長崎屋』の一件を口にするなと頼んだのであろう。それは、伝七の脅迫に屈したことに他ならない。

いや、表向きは屈したように見せかけて、死神の蔦吉を牢内に送り込んでいたのだ。

なぜ、浜尾はそんな真似をしたのか。浜尾は『長崎屋』からひそかに付け届けをもらっていたのか。

いったん同心詰所に入った。

与力の勤務は朝四つ（午前十時）から夕方七つ（午後四時）である。新之助は、奉行所を出てから、浜尾に声をかけようと思った。

継上下の浜尾が門に向かった。供の者に先に屋敷に帰るように言い、新之助は急いで浜尾のあとを追った。

槍《やり》、草履取り、挟箱、若党の供を連れ、浜尾は数寄屋橋御門を出た。新之助は八丁堀に着く手前の京橋川沿いの手頃な場所で声をかけるつもりだった。

深まった疑惑をこのまま捨てておくことは出来なかった。浜尾の釈明を聞きたいのだ。

浜尾の一行は大通りを左に折れて京橋に向かった。一行はゆっくりと京橋に差しかかった。橋を渡ったところで呼び止めようと思った。

新之助も橋に差しかかった。そのとき、背後から声をかけられた。

「旦那《だんな》」

新之助は思いがけぬ声に飛び上がった。

立ち止まって振り返ると、儀八が近付いて来た。

「どうしたんだ?」

新之助が咎《とが》めるようにきいた。

「旦那こそ?」

「いや……」

新之助はとぼけた。浜尾は竹河岸のほうに曲がって行った。

「浜尾さまですね」

「なに？」

新之助は目を見開いた。

「まさか、おまえも浜尾さまのあとを……」

「へえ」

ふたりは邪魔にならないように、道の端に寄った。

「じつは、長崎屋政五郎が浜尾さまと木挽橋の袂にある料理屋で会っていたんです」

「なんだと。どうして、俺に知らせなかった？」

「へえ、岩城さんが……」

「なに、藤次が知らせるなと言ったのか」

「それより、旦那はどうして？」

礒八は逆にきいた。

「仮牢に連れてこられた伝七に浜尾さまは会っていた」

新之助は浜尾を疑うようになったきっかけから話した。

「そうですかえ。やはり、浜尾さまが絡んでいたんですね」

「おまえが声をかけなければ、浜尾さまを問いただすつもりだった」

「だから、岩城さんは旦那に知らせるなと言ったんです」

「……？」

「浜尾さまが正直に話すはずがありません。こっちが疑いを向けたことを知れば、ますます警戒されてしまいます」

「うむ」

新之助は唸《うな》った。確かに浜尾を問い詰めても正直に話すまい。

「それより、浜尾さまの動きを見張ることにしたのです。浜尾さまが誰に会うか。なにしろ、証拠がないことですから」

「まさか、浜尾さまが」

新之助はやりきれないように吐き捨てた。

「岩城さんが言うには、旦那には奉行所内では枕絵師の探索だけをやっているように振る舞っていてもらいたいということです。浜尾さまだけが事件の突破口ですから」

「わかった」

新之助はいまいましげに答えた。

「じゃあ、旦那。あっしは浜尾さまがいったん屋敷に帰ってまた出かけないとも限りませんで、浜尾さまの屋敷まで行ってみます」

「よし、わかった。もし、浜尾さまのことで何かわかったら俺にも知らせろ」

「へい」

礒八は京橋を走って渡って行った。

藤次に探索を任せたとはいえ、自分はすっかり除《の》け者だ。新之助は急に寂しさを覚えた。

浜尾弥一兵衛は何かと新之助に目をかけてくれた。定町廻《まわ》りになれたのも浜尾の推挙があったからだ。

いったい、浜尾に何があったのか。浜尾の妻女は病気がちで寝たり起きたりの暮らしだ。いくら付け届けがあるとはいえ、薬代もばかにならないのかもしれない。

そんなところから、『長崎屋』の誘惑に乗ってしまったのかもしれない。

しかし、『長崎屋』が何をしたのか。伝七が『長崎屋』の奥座敷で何を見、何を聞いたのか、肝心なことはわかっていないのだ。

きっかけとなった牢《ろう》内での伝七の変死とて死神の蔦吉の仕業だという証拠はない。ただ、同時期に蔦吉がわざと牢に入ったという事実があるだけだ。蔦吉は他の囚人と連絡をとりあうために牢に入ったのかもしれない。

『長崎屋』に疑いの目を向けるきっかけとなったのは『長崎屋』に忍び込んだという伝七のひと言だ。それを、『長崎屋』は否定したことで疑惑を深めたのだ。

それだけのことで、何か罪を犯している証拠があったわけではない。ただ、浜尾が仮牢にいる伝七に会いに行った。そのことは異例だ。

それにしても、浜尾に言わせれば、十分に釈明出来るものだったかもしれない。やはり、浜尾に直接会って話を聞くべきではなかったかと、いまになって後悔した。

こんなもやもやの気持ちをずっと引きずるより、やはり浜尾の弁明を聞こう。そう思いなおして、新之助も京橋を渡った。

浜尾の屋敷を訪問するつもりだった。そこで膝《ひざ》をつきあわせて話すのだ。浜尾が悪事に加担するはずはない。

楓《もみじ》川を越え、八丁堀にやって来た。浜尾の屋敷に向かう。冠木《かぶき》門の与力の屋敷が続いている。その中に、浜尾の屋敷があった。

少し離れた路地から、浜尾の屋敷の門を見張っている儀八を見つけた。いちおう、儀八に断ってからと思い、新之助は儀八に近付いた。

気配を察して、儀八が顔を向けた。

「旦那、どうしたんですね」

そうきいてから、儀八は屋敷に視線を戻した。

「儀八、やはり……」

「旦那。出て来ました」

さっと儀八が身をかがめた。つられて、新之助も路地に身を隠した。

浜尾が着流しで出て来た。ひとりだ。

「どこに行くのでしょう」

儀八が浜尾を目で追う。

「よし。あとをつけよう」

浜尾の行き先が気になった。

新之助たちがいる路地とは反対方向に向かった。亀島川のほうだ。路地を出て、ふたりであとをつけた。

川沿いに曲がり、そのまま真っ直ぐ進む。西陽が浜尾の背中に当たっている。鉄砲《てっぽう》洲《ず》稲荷《いなり》の杜《もり》が川の向こうに見えた。

浜尾は稲荷橋を渡った。つけられていることにまったく気づいていないようだった。

鉄砲洲稲荷を素通りし、本湊《ほんみなと》町に入る。まだ陽が落ちるまでには時間があった。

浜尾は変わらぬ足取りで先を急ぐ。

「どこに行くつもりでしょうか」

儀八は興味を募らせてきいた。

「妙だ。こんなほうに」

やがて、浜尾は明石《あかし》町に入って足の速度を緩めた。そして、はじめて辺りに目を配った。あわてて、新之助と儀八は小商いの店の陰に身を隠した。

浜尾は横町に入った。そして板塀に囲まれた瀟洒《しょうしゃ》な格子づくりの家に向かった。門の前で、もう一度辺りを見回した。それから、門を入り、格子戸の前に立った。しばらくして、格子戸が内側から開いた。女が顔を出した。すぐに、浜尾は家の中に消えた。

新之助は唖然《あぜん》とした。薄暗くて顔までは見えなかったが、若い女だった。

「儀八。近所で、女のことを聞いてきてくれ」

「へい」

儀八は隣の家に向かった。

浜尾の女かもしれない。妾《めかけ》を囲っていたのか。まったく女に興味のなさそうな顔をしている浜尾だ。まだ、信じられない。

いったい、いつからだ。この家は新しいようだ。女のために、この家を建てたのか。その金はどこから出ているのか。

新之助は暗い気持ちになった。ここを衝《つ》いて、『長崎屋』の手が伸びてきたのかもしれない。

新之助は家の周りを歩いて見た。狭いながら庭もあり、二階家で、塀の上には忍び返しがついている。

再び表に出たとき、儀八が戻って来た。

「女はおしまという名で、元芸者だったようです。年齢は二十五、六。昼間は三味線を教えているそうです」

「芸者か。浜尾さまが落籍《ひか》したのか」

新之助は呆然《ぼうぜん》という。

「ときたま、四十半ばぐらいのお侍が訪ねてくると言ってました」

「俺の知っている浜尾さまとは別人だ」

だからといって、『長崎屋』とつるんで悪事を働いているという証《あかし》になるわけではなかった。

「それから、この家は半年前に出来上がったそうです。普請中から、檜《ひのき》を使ったかなり贅沢《ぜいたく》な造りだと評判だったってことです」

踏み込んでいって、浜尾を糾弾したい気持ちを抑えた。いま行けば、事件の真相がわからなくなる可能性がある。

いったい、浜尾は『長崎屋』とつるんで何をしていたのか。

それ以上に罪が重いのは伝七殺しだ。死神の蔦吉を使って伝七を殺させ、そして蔦吉を軽い罪で解き放した。

すべて、浜尾の仕業だ。

「儀八。俺はまた探索に戻る」

新之助は悲壮な覚悟で言った。

三

翌日の朝、俊太郎が私塾に出かけたあと、藤次はお京と金のことで言い合いになった。

「こんなにいただけません」

お京が金を突き返した。

「いや。いつも俊太郎を見てもらっている。その礼だけでなく、そのぶん、お京さんの仕事が出来ないのだ。だから、受け取ってもらいたい」

「いえ、私はお金のために俊太郎さんの世話を焼いているのではありません」

「では、こうしていただきたい。私は外出することが多い。預かっておいていただけないか」

「預かるのなら」

お京は折れたように言った。

「では、お預かりしておきます」

お京が小判に手を伸ばした。

いきなり、腰高障子が開いた。

稲瀬新之助が顔を出した。

「稲荷社の裏で待っている」

戸口で勝手に言うなり、新之助は木戸口に向かった。

新之助のいつになく険しい表情が気になった。

「出かけて来る」

お京に言い、藤次は刀を持って土間を出た。

稲荷社の裏で、新之助が待っていた。

「どうした、何かあったのか」

「きのう、儀八とふたりで浜尾さまのあとをつけた。妾を囲っていた」

いきなり、新之助が口を開いた。

浜尾に疑いを持った経緯を説明し、明石町の妾宅《しょうたく》までつけたことをあえぐような口調で話した。

「俺にとっちゃ大事な恩人だから目を瞑《つむ》っていたが、あそこまで身を持ち崩していようとは思わなかった。だが……」

藤次は新之助の目が充血しているのを見た。

「ゆうべ、眠れなかったのか」

「眠れるわけがない」

「で、何が言いたい？　儀八にきいたが、まだ何も摑《つか》めていないようだな？」

「ああ、まだだ」

「藤次。もういい」

「もういい？　どういう意味だ？」

藤次は反問した。

「俺の依頼はここまでだ。あとは俺に任せてもらう」

新之助は厳しい顔で言った。

藤次は相手の目を睨《にら》んだ。先に相手が視線を外した。

「きさま、手を引く気だな」

藤次はいきり立った。

「きさま、それでも奉行所の同心か。武士か」

「おまえに俺の気持ちがわかるか。これ以上突き進めば、浜尾さまは失脚どころか罪人だ。俺はそこまで望んではいない。最初から浜尾さまの言いつけに従っていたら、このような目に遭わずにすんだのだ」

「悪を見逃すのか」

「まだ、何があったのかわかっていないのだ。こっちが勝手に騒いでいただけだ」

「明け烏の伝七が牢《ろう》内で死神の蔦吉に殺された。口封じだ」

「証拠はない。蔦吉は他の囚人とつなぎをとるために牢にもぐり込んだのかもしれないのだ」

「死神の蔦吉は根っからの殺人鬼だ。殺し屋だ。その蔦吉が殺し以外の依頼を受けるはずはない」

「そんなこと、蔦吉にきかなければほんとうのことはわからん。肝心の蔦吉は死んでしまったんだ。真相を知っている人間はもうどこにもいないのだ。伝七しかり、蔦吉しかり……」

新之助の言葉に落雷のような衝撃を受けた。

まさか……。蔦吉を殺し屋として自分に向けた目的はそのためだったのか。

「よいか。儀八と太一にも探索をとりやめるように言った。わかったな。これまでの手当てだ」

新之助が懐紙に包んだ金を寄越《よこ》そうとした。

「いらん」

藤次は撥《は》ねつけた。

「……」

「その代わり、二度と俺の前に顔を出すな」

激しい言葉を新之助に浴びせ、藤次はその場から立ち去った。

(見損なったぞ、新之助)

藤次は心の内で叫んだ。


お京にあとのことを託し、藤次は長屋を出た。

向かったのは行徳河岸だ。海産物問屋の『江差屋』である。『江差屋』は蝦夷《えぞ》地松前、江差からの昆布、ニシン、鮭などを菱垣《ひがき》回船で江戸に運んで来る。

問題はその航路だ。

まだ、想像だけなのではっきりしたことは言えない。まず、あることを確かめなければならない。

大八車がやって来た。土蔵から薦《こも》に包んだ荷を運んで来て、大八車に載せている。乾物屋などの得意先に運ぶのだ。

いつものその光景を眺めていて、ふと大八車の車力に目が行った。筋骨隆々のたくましい体をした車力の肩を見た。

色鮮やかな彫り物の一部が見えた。白い牡丹《ぼたん》の絵柄だ。見覚えがあった。そうだ。『長崎屋』の前で見たのだ。

果たして『長崎屋』に荷を運んで来た車力と同じ男かどうかわからない。だが、たくましい体と彫り物は似ている。

大八車が出発した。大の男が四人ついている。よほど大事な品物なのだろう。藤次は大八車のあとをつけた。

日本橋川沿いの鎧河岸を通り、やがて江戸橋を渡った。今度は楓川に沿った道を車輪をがたごとさせてまっすぐ進む。

藤次もずっとついて行く。やがて、京橋川に差しかかった。そのまま白魚橋を渡る。渡ってすぐに京橋のほうに曲がった。

そして、大八車は三十間堀一丁目にやって来た。案の定、目的地は『長崎屋』だった。いったい品物は何か。

『長崎屋』が海産物を商ってはいまい。荷の中身が気になる。だが、強引に調べるわけにはいかない。

大八車の荷は屈強な男たちによって土蔵に運ばれて行く。その光景を眺めながら、藤次はまず自分の考えが外れていないことに自信を持った。

すなわち、『江差屋』と『長崎屋』はつながっているのだ。そのことを前提にすれば、見えなかったものが見えてくる。

『江差屋』の久右衛門、『長崎屋』の政五郎、そして奉行所与力の浜尾弥一兵衛。おそらく、伝七が『長崎屋』の奥座敷で見たのはこの三人ではないか。いや、まだいたはずだ。長崎の貿易に関わる実力者だ。

藤次の脳裏に浮かんだのは抜け荷だ。『長崎屋』は抜け荷の品物をひそかに大名や大店《おおだな》の主人に売りさばいているのではないか。

もちろん、その証拠はない。だが、間違いないように思えた。

『長崎屋』に忍び込んだ伝七は抜け荷に関する密談を聞いた。秘密を握った伝七は金を脅し取れると勇躍した。だが、自分ひとりでは荷が勝ちすぎた。そこで、賭場《とば》で知り合った卯平に話を持ちかけたのだ。

そして、恐喝がはじまった。ところが、伝七は別の一件から足がついて捕まり、小伝馬町の牢送りになった。

しかし、伝七は与力の浜尾を通して脅した。要求を吞《の》まなければお白州ですべてを喋《しゃべ》ると。伝七の解き放しと金であろう。金の受け取りは卯平の役目だ。

だが、伝七の敵《かな》う相手ではなかった。死神の蔦吉を使い、牢内にいる伝七を殺し、さらに卯平を探し出して殺した。

だが、久右衛門、政五郎たちは、これだけでは安心が出来なかった。秘密を知ったもうひとりの人間、死神の蔦吉を始末しなければならないと思った。

死神の蔦吉を斬ることが出来る者を探して、行き着いたのが藤次だ。金貸しの『大蔵屋』の屋敷に押し入った闇の五郎一味をたったひとりでやっつけた用心棒の噂を聞きつけ、藤次に白羽の矢を立てた。

そこで、久右衛門の妾《めかけ》お砂に口入れ屋の『松葉屋』に行かせ、藤次を用心棒として雇った。

お砂の家に押し入った浪人と遊び人ふうの男は久右衛門を狙っていたわけではない。目的は、藤次の腕をためすことだったに違いない。

久右衛門は浪人をあっさり退治した腕前に安心して、死神の蔦吉殺しを藤次に任せようとした。

しかし、藤次がそのようなことを請け負うとは思えず、また請け負ったとしても蔦吉の居場所を嗅《か》ぎ出すことは難しい。そこで、確実にふたりが闘う状況を作り出すには、蔦吉に藤次殺しを依頼することだ。

二度目の用心棒の依頼で藤次がお砂の家に行ったとき、お砂が妙な素振りを見せた。二階の小部屋に藤次を呼び、外にいる怪しいひと影に見せつけるようにしなだれかかってきた。

「こうしているところを見せつければ、あの男は諦《あきら》めるかもしれないわ」

お砂はそう言った。

蔦吉の依頼人は久右衛門だ。自分の妾を寝取った男を殺してもらいたい。それが依頼の理由ではなかったか。

久右衛門にとって計算外だったのが、思いの他ふたりの間に決着がつかなかったことだろう。焦った久右衛門は蔦吉を急《せ》かした。そして、蔦吉は果たし合いを求めてきたのだ。

薬研堀での決闘のとき、浪人といっしょにいた遊び人ふうの男が現場にいたのに違いない。

蔦吉が負傷し、藤次が助けを呼びに行ったあと、蔦吉に近付いて喉《のど》を掻《か》き切り、死《し》骸《がい》を堀の中に捨てたのだ。

藤次は自分の想像にほぼ間違いないと思った。

だが、証拠がなにもなかった。藤次の話を裏付けるものは何もないのだ。

『長崎屋』の店先に羽織姿の政五郎が出てきた。外出するのだ。表情に余裕が感じられるのは蔦吉が死んで憂いがなくなったからであろう。

昨夜、久右衛門が商売で心配事が解決したと言っていたのは、蔦吉が死んだことを指していたのに違いない。

ふと、誰かが近付いて来る足音がした。

「岩城さん。ここでしたか」

儀八だった。

「親分か」

藤次は冷たい目で儀八を見た。

「新之助に言われてここに来たな」

儀八ははっとしたように顔色を変えた。

「図星のようだな」

「へえ。稲瀬の旦那《だんな》の言うように、何の証拠もないんです。これ以上、ほじくり起こしても無駄じゃねえかと」

「何人死んだ？」

「えっ？」

「何人が殺されたと思っているのだ。伝七、卯平、蔦吉の三人だ。確かに、この連中は裏街道を歩む日陰者だ。だが、人間であることに変わりはない。この者たちの無念を誰が晴らしてやるんだ？」

「それは……」

「ほんとうに、このまま手を引いていいと思っているのか。それで、おまえは自分の良心に恥じないのか」

「ですが、あっしは稲瀬の旦那に使われている身ですぜ。旦那がやめろというのに反対は出来ねえ」

「では、ひと殺しの現場を見ても、あの男が何もするなと言ったら、黙って下手人を見逃すのか」

「それは、たとえが違いますぜ」

「違わん。その下手人が新之助と親しい人間だったとしたら……」

「岩城さん。あっしは」

儀八は顔を歪《ゆが》め、口をあえがせた。

「わかっている。親分も苦しんでいるんだろう。だから、親分はもう手を引け。だが、自分が手を引くのは勝手だが、他人にまで手を引かせようとしてはだめだ。そこまでしたら、おまえはもう岡っ引きじゃない。早く手札を返すんだな」

「……」

「早く、帰れ。俺はひとりでやる」

何か言いたそうに、儀八は藤次を睨《にら》んでいたが、やがて口を閉ざした。

これでかえってやりやすくなった。そう藤次は思った。証拠がなければ、新之助や儀八は何も手が出せない。

だが、俺は違う。俺のやり方で、蔦吉の仇《かたき》をとってやる。藤次はそう思った。

三十間堀一丁目から、藤次は大伝馬町にやって来た。

口入れ屋の『松葉屋』の暖簾《のれん》をくぐる。帳場格子の中で、主人の三蔵が船を漕《こ》いでいた。土間に入った気配に、はっとしたように目を開けた。

「起こしてしまったか」

藤次は苦笑しながら言う。

「いえ」

三蔵は両手で自分の顔をぱんぱんと何度か叩《たた》いた。

「ゆうべ、ちと呑《の》みすぎまして」

「うらやましいことだ」

「仕事ならいくつか来ています」

「いや。きょうは仕事ではない。逆だ」

「逆？」

三蔵は怪訝《けげん》そうな顔をした。

「ちと気のきいた悪そうな男をひとり、世話をしてもらいたい」

「えっ？　いま何と？」

目をぱちくりさせ、三蔵はきき返した。

「度胸のある男を世話してもらいたいのだ。謝礼は弾む」

「いったい、どうなさったので？」

居住まいを正して、三蔵は藤次の顔を覗《のぞ》き込むように見た。

「別に気が違ったのではない。どうしても、悪人面のおとこが必要なのだ」

「はあ。誠に妙なお話で」

「わけは言えぬ。誰か世話をしてもらいたい。力仕事をしているようなたくましい男がいい。誰かおらぬか」

「わかりました。ちょっとお待ちを」

三蔵はもうひとつの台帳を引っ張りだしてめくっていく。

ふと背後にひとの気配がした。振り向くと、二十半ばぐらいの小肥《こぶと》りの男が血相を変えて入って来た。

「やい、亭主」

まっすぐ帳場格子までやって来て、

「話が違うじゃねえか。俺は中間として雇われたと思っていた。ところが行ってみたら下男だ。手当てだって、違う」

と、まくし立てた。

「これは忠太《ちゅうた》さん。まあまあ、落ち着いてくださいな」

三蔵は動じることなく、相手をなだめる。

「確か、重谷《しげたに》さまのお屋敷でしたな」

「そうだ。貧乏御家人だ」

藤次が目に入らないほど、忠太という男は興奮している。色白の男だ。

「話が違うとは驚きました。私のほうから重谷さまに事情をきいてみましょう。それより、いいお話があります」

「なんでえ」

「岩城さま」

三蔵がこっちを見た。

「いかがでしょうか」

「なに、この男？」

「はい。ちょうど来合わせたのも何かの縁ではありませぬか」

望んだ男とはだいぶ違う。ただ、威勢はよさそうだった。

「忠太さん。こちらのお侍さんが人手が欲しいとのこと。手当てはだいぶいいそうです。いかがですか。私が重谷さんのほうと話をつける間、このお侍さまに世話になっては」

「おいおい、三蔵。勝手に決められても困る」

藤次はあわてて言う。

「お侍さん。お願いします」

忠太はもうその気になっていた。

「わかった。ただ、仕事の中身を聞いてから返事をしてもらおう。とりあえず、どこかで話をしよう」

藤次は忠太を連れて外に出た。

三蔵は涼しい顔で見送った。

藤次は忠太を伊勢《いせ》町堀まで誘った。商人の蔵が並んでいる。堀の近くのひと気のないところで、藤次は忠太に言った。

「まず言っておく。危険な仕事だ。だから、無理には勧めぬ」

「危険って命にかかわるんで？」

「そうだ。だが、俺が守ってやる」

「旦那、やっとうは相当やるんで？」

「そこそこだ」

「はあ。で、何をやるんですかえ」

「恐喝だ」

「恐喝？」

忠太は素《す》っ頓狂《とんきょう》な声を上げた。

「ある商家にいって脅しをかける」

「冗談じゃねえ。そんなことをしたら手が後ろにまわっちまう」

「心配はいらぬ。脅す相手は悪い奴らだ」

「へえ、そうですかえ」

忠太は堀に目をやった。米を積んだ船が蔵についた。

「忠太。いやなら断っていい」

「やります」

顔を戻して、忠太が言った。

「どうしてだ、危険な仕事だ」

「でも、旦那《だんな》が守ってくれるんでしょう？」

「守る。だが、やることは恐喝だ」

「分け前はたんともらえるんでしょうね」

「ない。手当てだけだ。ほんとうに金を脅し取るわけではない。悪いことをして金を儲《もう》けている人間を懲らしめるだけだ」

「……」

「どうする？　金にならぬならやめるか」

「やりますぜ。悪い奴らを懲らしめるなんて思っただけでも楽しいじゃありませんか」

「よし。では、やってもらおう」

強面《こわもて》ではないので相手に与える威圧感はないが、かえってそのほうが効き目があるかもしれない。

「よし。そばでも食いながら、手筈《てはず》を整えよう」

そろそろ昼になる時分だった。

藤次は伊勢町にあるそば屋に向かった。

四

ふつか後の昼下がり、藤次は忠太を伴い三十間堀一丁目にやって来た。『長崎屋』は相変わらず繁盛している。

「よいか。きのう教えたとおりにやるのだ」

「へい」

「では、行って来い。出たら、霊岸島の家まで行くのだ。俺があとをつけるから心配するな」

霊岸島の家というのは、『松葉屋』の亭主三蔵に教えてもらった家だ。手頃な空き家を探していたが、霊岸島の大川端町に長い間、住む者がなく、あばら家になっている家があることを教えてくれたのだ。

藤次は『長崎屋』に向かう忠太を見送った。

忠太は店に入った。

忠太は政五郎を呼び出し、こう言うはずだ。

「あっしは卯平さんと親しくしていた者です。卯平さんから頼まれたものをいただきに上がりました」

政五郎は卯平と聞いてもぴんとこないかもしれない。そしたら、こう言えと教えた。

「明け烏の伝七がこちらの奥座敷で見聞きした件で、金を受け取ることになっていたそうではありませんか」

それから、忠太は決定的なことを言う。

「じつは卯平さんから手紙を預かってまして、もし、俺が殺されたらこの手紙を北町奉行所に届けろと言われてました。なぜ、北町かというと、南町では浜尾弥一兵衛という与力に握りつぶされるからという話でした。卯平さんが殺されたのですぐに北町に届けようとしたのですが、それではこちらさんのためにならないと思いましてね」

証拠がないからとたかをくっていたとしても、浜尾弥一兵衛の名を出せば、相手は動揺すると考えた。だが、さらに、念を押すために、次の台詞《せりふ》も言わせた。

「もし、こちらさんで埒《らち》が明かなければ、『江差屋』さんのほうに話を持って行くっもりです。あっ、そうそう。抜け荷の証拠はさる大名屋敷から盗んできやした。それも買っていただきましょうか」

忠太が堂々と言えるかどうか不安があるが、かえっておどしていたほうが背後の仲間の存在を匂わせ、相手に動揺を与える効果があるかもしれない。

入ってから四半刻《とき》(三十分)後、忠太が出て来た。

藤次のほうをちらっと見てから、日本橋川のほうに向かう。藤次は待った。すると、『長崎屋』の脇の路地から遊び人ふうの男が出て来た。

藤次は口元に笑みを浮かべた。元浜町のお砂の家に浪人といっしょに現れた男だ。左利きだ。蔦吉に止《とど》めを刺した男の可能性がある。

左利きの男は着物の裾《すそ》をつまみながら忠太のあとをつけて行く。藤次はその男のあとを追った。

日本橋川の手前を折れると、そのまま川沿いを東のほうに向かう。男は忠太の行き先を突き止めるよう言われているのだろう。

亀島川を渡って霊岸島に渡った。

そのまま大川に向かい、永代橋が間近に見える大川端町にやって来た。男は忠太が一軒の家に入って行くのを見ていた。

忠太が中に入ってから、男は家の周囲を調べ、しばらく中の様子を窺《うかが》っていたが、やがて引き上げて行った。

藤次は格子戸を開けて中に入った。

忠太が飛び出して来た。

「旦那」

「ごくろう。うまくいったようだ」

「へえ、『長崎屋』の政五郎に睨《にら》まれたときにはすくみ上がりましたが、なんとかうまく出来ました。明日《あした》また顔を出す。そのとき、返事をもらうと言い残してきました」

「上出来だ」

藤次はほめたあとで、

「おそらく、今夜襲ってくるだろう」

「へえ」

忠太の表情が強張《こわば》った。

「おまえは自分のねぐらに帰れ」

「えっ？　旦那は？」

「俺はここで奴らを迎え撃つ」

「じゃあ、あっしもごいっしょします」

「だめだ。おまえのきょうの役目は終わった。明日、また『長崎屋』に行ってもらう。これは明日のぶんも含めての手当てだ」

藤次は一両小判を差し出した。この金は久右衛門からもらったものだ。

「冗談じゃねえ。まだ、仕事が終わったわけじゃねえ。仕事が終わるまでもらうわけにはいきませんぜ。それに、あっしの仕事は明日までです。今夜も仕事のうちですぜ」

「危険だ」

「なあに、男一匹、危険だからって逃げるわけにはいかねえ。それに、死んでも泣いてくれる人間がいるわけじゃねえ。旦那のようなお方といっしょに死ねるなら本望ですぜ」

「おまえも変わった男だ」

「旦那のほうこそ変ですぜ。悪い奴を捕まえるなら奉行所の人間に任せたらいいじゃねえですか」

「そう出来ればいいんだがな。証拠がないと動けないらしい」

「へえ、どうしてなんですかねえ」

忠太は不思議そうに言ったあとで、ふいにきいた。

「旦那《だんな》。夕飯はどうするんです？　ここにはなにもありませんぜ」

「近くに一膳《いちぜん》飯屋がある。そこで食おう。奴らがやって来るにしても、遅い時間だ」

「へい」

忠太が答えたとき、妙な音がした。

「なんだ、腹が減ったのか」

忠太の腹の虫が鳴いたのだ。

「へえ」

決まり悪げに、忠太は俯《うつむ》いた。

「よし。出かけよう」

「へい」

忠太は弾んだ声で答えた。

外に出た。まだ、西の空には明るさが残っている。すぐ目の前に巨大な永代橋が見えた。行き交うひとも夕陽を浴びてひとりひとりが輝いているようだ。ひとそれぞれに人生がある。

藤次のいまの人生は自分が望んだものではない。自分が望んだとおりの人生を歩んでいたら、友江を娶《めと》り、いまごろは自分の子の父親になっていただろう。

だが、どういう運命のいたずらか、俊太郎をわが子として生きて行く。それも、俊太郎が元服するまでだ。

「旦那。どうしたんですかえ」

忠太に声をかけられ、はっと我に返った。

「いや、永代橋が見事なものだと思ってな。いつもは永代橋の真ん中から富士を眺めていたが、ここから永代橋を見るのも一興だ」

あわてて、言い繕った。

「ほんとうですね。見事な橋だ」

忠太も感嘆の声を上げた。

いまごろ、俊太郎はどうしているか。俊太郎のことだ、ひとりで、素振りをしているに違いない。

一膳飯屋はまだ空《す》いていた。小上がりの奥で商人体の男がふたりで酒を呑《の》んでいるのと卓のほうに年寄りがひとりで酒を呑んでいるだけだった。

「酒、呑んでいいですかえ」

忠太が遠慮がちにきいた。

「かまわんが、ほどほどにな」

そう言い、藤次は小女に酒を頼んだ。

すぐに酒が運ばれて来た。

「じゃあ、旦那。いただきます」

手酌で猪口《ちょこ》に酒を満たし、忠太は口に運んだ。

「忠太、国はどこだ？」

「野州佐野です。佐野大師の近くです」

「親は？」

「いません。ほんというと、佐野大師に捨てられていたんです。拾って育ててくれた親も亡くなりました」

「そうか」

「育ての親はよくしてくれました。ほんとの子として接してくれました」

「ほんとうの子として？　実の子ではないと話してくれたのか」

「いえ、そんなこと言いやしません。でも、なんとなくわかりました。実の親じゃないってことは」

「なに、実の親でないことがわかった？　どうしてだ？」

藤次は心がざわついた。

「なんとなくです。やさし過ぎるんです。親に捨てられた子というのが頭にあって、あっしを不憫《ふびん》がっていたんですかねえ。ふたりともやさし過ぎた。そんとき、ひょっとしたら、俺は違うかもしれないと思ったんです」

空になった猪口に、忠太は手酌で注《つ》ぐ。

「そのことを確かめたのか」

「いえ。育ててくれた母が亡くなったあと、病に倒れた父が、打ち明けてくれました。実の子ではないって。十七歳のときでした。それまではこっちも気づかぬ振りをしていました。だって、実の子として接してくれているんですから、こっちも実の親のように……」

忠太の話を最後まで聞いていなかった。

まさか、俊太郎は……。血のつながりはわかるものなのか。俊太郎を背負い、江戸まで旅をしたことを思い出す。道中で雨に降られ、お堂の中で俊太郎を腕に抱きしめて一夜を明かしたこともあった。

俊太郎に厳しく接しているのは実の子ではないからか。俊太郎も子ども心にそのことに気づいているのだろうか。

「旦那。もう一本、いいですかえ」

忠太がきいた。

藤次は生返事をした。

俊太郎は塾通いや剣術の稽古《けいこ》のために長屋の子どもたちと遊ぶことが出来ない。ほんとうは俊太郎も遊びたいのだろうが、わがままを言わないのは、実の父親ではないと思っているからか。

胸が張り裂けそうになった。俊太郎は自分を捨てているのだろうか。塾で、師に褒められたと話すのも、気をつかって喜ばせようとしてか。

「旦那、あと一本」

忠太の声が遠くに聞こえた。

いや、そんなことはない。俊太郎は学問が好きなのだ。剣術も嫌いではない。いやな顔ひとつ見せたことはない。

ひょっとして、お京には本心を打ち明けているかもしれない。

目の前に空の銚子《ちょうし》が何本も転がっていた。忠太は目の縁を赤く染めていた。

「すいません。昔のことを思い出したら呑まずにいられなくて」

藤次と目が合うと、忠太が言い訳した。

「まあ、いい。遠慮せずに呑め」

「へい。じつはあっしの実の父親ってのは絵師だったそうです」

「絵師？」

「育ての親がふたりともいなくなってから、江戸に出たのも父親に会えるかもしれないと思ったからなんです。江戸に出て、絵師を訪ねたんですが……」

「やはり、実の親に会いたいか」

「会いたいっていうより、知りたいんです。どんな人間だったのか。なぜ、俺を捨てたのか」

「そうか」

まるで、忠太が成長した俊太郎のように思え、藤次は胸を痛くした。俊太郎が元服した暁には、藤次はすべてを話すつもりだ。

戸が開いて、また新たな客が入って来た。いつの間にか、店内は客で混み合っていた。

「そろそろ、行こう」

「へい」

勘定を払い、外に出た。

すっかり暗くなっていた。

「忠太。自分の住まいに帰れ」

「えっ？　冗談じゃねえ、俺は旦那といっしょだ」

「だめだ。おまえは酔っている。襲われたら逃れられぬ」

「なあに、だいじょうぶですよ」

「無理するな」

「旦那の足手まといになるような真似はしません」

「危険だと思ったら、すぐ逃げるのだ。よいな」

「へい」

借りている家に近付いたとき、前方から提灯《ちょうちん》の明かりが近付いて来るのを見た。提灯を持った男の背後に三人の浪人体の姿が見える。

「もう来たようだ」

借りている家の斜《はす》向かいの戸を閉めた八百屋の角の暗がりに藤次は忠太とともに身をひそめた。

一行は借りている一軒家に向かった。三十半ばぐらいの目と鼻がでかい髭面《ひげづら》の浪人がいた。やはり、お砂の家に忍んで来た浪人だ。

中に入った。もともと空き家であり、所帯道具もなく、ひとが住んでいる形跡がないことはすぐにわかる。

「俺は中に入って奴らをやっつける。どこかから縄を探して来い」

「縄ですかえ。わかりやした」

忠太は走った。

藤次は家の中に入った。

浪人たちが憤然と引き上げるところだった。藤次が立ちふさがると、浪人たちはぎょっとしたように立ちすくんだ。

「また会ったな」

左利きの男が提灯をかざした。

「あっ、おまえは？」

「元浜町の家の庭で会ったな」

「きさま」

髭面の浪人があとずさった。藤次は部屋に上がった。他の浪人が抜き打ちに斬りつけてきた。藤次は腰を落として相手の胸元に素早く飛び込み、相手の腕を摑《つか》んでひねった。浪人は一回転して仰向けに倒れた。もうひとりの浪人が斬り込んできたのを身を翻してよけ、藤次は抜いた剣の峰で相手の肩をしたたか打ちつけた。浪人はもんどり打って、土間に倒れ込んだ。

「ちくしょう」

左利きの男が提灯を捨て、匕首《あいくち》を構えて突進してきた。蔦吉の敏捷《びんしょう》な動きとは比べ物にならない。

伸びて来た匕首を持つ手を摑んで投げ飛ばした。

髭面の男は戦意を喪失している。

忠太が入って来た。

「忠太、倒れている男を縛り上げろ」

「へい」

「その必要はありません」

戸口に、知った顔が現れた。

「とうとう現れたか、江差屋久右衛門」

藤次は剣を構えた。

「やはり、岩城さまが裏で動いていましたか。政五郎から、岩城さまが『長崎屋』に現れたと聞いたときから用心をしておりました」

「そうか。で、取引に来たというわけか」

「ここではゆっくり話もできませぬ。私どもの寮が今戸にございます。そこまでご足労願えますでしょうか。岩城さまのお子とお京なる女子《おなご》もいまごろは寮に到着していると思いますので」

「なに。きさま」

藤次はかっとなった。

「ふたりに万が一のことがあったら許さぬ」

「そんな顔をなさらないでください。私はあなたのその腕を高く買っているのです。あなたのおかげで死神の蔦吉を始末することが出来たのですから」

「やはり、蔦吉に俺の暗殺を依頼したのだな」

「さようです。さあ、詳しい話は寮でいたしましょう」

五

それより、二刻（四時間）ほど前。夕方になって、新之助は奉行所に戻って来た。

枕絵師の探索ということだが、実際には下谷から浅草方面をただ歩き回っていただけだ。胸の底に何かどろどろしたものが淀《よど》んでいるようで不快だった。町廻《まわ》りをしていても気が晴れなかった。連れ立って歩いている儀八もずっと黙りこくっている。ふたりに会話はなく、ときたま儀八が何か言いかけるも、言葉になって出てこない。ただ、長く延びたため息が聞こえるだけだった。

わけはわかっている。わかっているが、どうしようもないことだ。

奉行所に戻ると、浜尾が呼んでいた。新之助は戸惑いながら母屋の玄関を上がり、与力部屋に向かった。

新之助が小机に向かっている浜尾に声をかけると、浜尾は近くに招いた。

新之助は膝《ひざ》を進めた。

「どうだ、枕絵師のほうは？」

「いえ、まだ」

「何をいたしておるか」

浜尾は激しく叱責《しっせき》をした。

「まるで、我らを挑発するように、さらに過激な枕絵が出回り出した。愛好者の間に広まっているのを知っているか」

「いえ」

新之助はそこまで探索に熱心ではなかったのだ。

「よいか。心して探索に精を出すのだ。わかったな」

「はっ」

「よし、下がってよい」

「はっ。失礼いたします」

新之助が腰を浮かしかけたとき、

「おう、そうだ。じつは、『長崎屋』の主人の政五郎がそなたに一献差し上げたいと申しておる」

「『長崎屋』が？」

「定町廻りのそなたとも誼《よしみ》を結びたいと思っているようだ。近々、誘いが来よう。そのつもりでいてくれ」

「あの……」

「なんだ？」

「なぜ、私に」

「もちろん、そなたと誼を通じておけば何か問題が起きたときに心強いと思ったからであろう。まあ、じつのところ、わしが勧めたのだ。役に立つ男だからとな」

新之助ははっとした。浜尾は新之助を仲間に引き入れようとしているのに違いない。『長崎屋』の探索から手を引いたとはいえ、次にどんなことでまた動き出すかもしれない。そう思って、いまのうちに新之助を味方に取り込んでおこうというのではないか。

黙って引き下がったが、新之助の胸は激しく騒いでいた。

ほんとうに『長崎屋』にやましいところがないのなら、長崎屋政五郎の招きを断る理由はない。あのぐらい繁盛しているなら、付け届けの額もそれなりに多いに違いない。願ってもないことかもしれない。

だが、『長崎屋』に対する疑惑はくすぶっている。浜尾が妾《めかけ》を囲っていることは、その疑惑に拍車をかけている。

新之助は奉行所を出た。数寄屋橋御門を出て八丁堀に向かう。

胸の屈託はさらに広がっていた。明確な証拠がないことを理由に、浜尾の疑惑に目をつぶろうとした。

だが、浜尾は俺までをも仲間に引きずりこもうとしている。このままでは、奉行所内部がどんどん汚されていく。

楓川沿いにやって来て、新之助は供の中間と小者を先に屋敷に帰した。また、家内は嫉妬《しっと》して、あとで罵《ののし》ってくるだろう。

だが、そんなことを考えたのも一瞬で、心は藤次に移っていた。

親父橋を渡り、葭町を抜けて、難波町裏河岸にやって来た。もうじき、日が暮れる。この時間、まだ稲荷《いなり》社の裏で俊太郎に剣術の稽古《けいこ》をさせているところだろう。

しかし、ひと影はなかった。もう稽古を終えたようだ。

長屋へ向かいかけたとき、長屋のほうから二ちょうの駕籠《かご》がやって来て、浜町堀のほうに向かった。その周囲を数人の男が囲んでいた。

先頭の駕籠に男の子が乗っていた。俊太郎のように思えた。後ろの駕籠に女。すると、お京か。

長屋に急いだ。木戸口に数人の男女が長屋路地に引き返そうとしていた。

「岩城藤次はどうした？」

年配の男に声をかけた。

「岩城さまが大怪我をされたらしく、俊太郎とお京さんが迎えの駕籠で出かけました」

「なに、大怪我？　行き先はどこだ？」

「なんでも浅草のほうだと」

「よし」

新之助は駕籠を追った。

藤次が大怪我を負った。まさか、単身で『長崎屋』に乗り込んだか。しかし、だとしたら、さっきの連中は何者だ。なぜ、俊太郎とお京を駕籠で連れ出すのだ。

新之助は浜町堀に出た。辺りは暗くなっていた。駕籠は見えない。浅草方面という言葉を頼りに、浜町堀を馬喰町《ばくろちょう》まで走り、大通りを浅草御門に向かって駆けた。

駕籠の一行を目にとらえたのは御蔵前《おくらまえ》の辺りでだった。新之助は一行をつけた。

諏訪《すわ》町から駒形町を過ぎ、一行は吾妻《あづま》橋のほうに向かった。が、橋には向かわず、花川戸に入った。

浅草山之宿《やまのしゆく》町を過ぎ、今戸橋を渡ってから大川のそばの道を行く。大川の波音を聞きながら、駕籠のあとを追う。

やがて、橋場町に入り、ようやく一行の足取りがゆっくりになった。どうやら目的地に近付いたようだ。

一行は大きな門構えの屋敷に向かった。背後の男が辺りを見回した。新之助は暗がりに身を隠した。

門が開き、駕籠が中に入った。すぐに空駕籠が戻って来た。新之助の脇を引き上げて行く。

門が閉ざされた。新之助は近付く。板塀の向こうに桜の樹があり、わずかに花が咲いていた。大きな二階家で、どこぞの寮のようだ。

裏手にまわった。周囲は別荘のような大きな家が並んでいる。裏口は閂《かんぬき》がかかっていた。どこにも忍び込めそうな場所はなかった。

表に戻った。川のほうでひと声がした。新之助は川のそばに走った。船が接岸した。複数のひと影が見える。

桟橋で提灯《ちょうちん》の明かりが揺れている。ぞくぞくと船から岸に上がって来た。浪人が何人かいる。その中のひとりを見て、目を瞠《みは》った。藤次だ。

細身の商人ふうの男に見覚えがあった。海産物問屋『江差屋』の主人久右衛門だ。

一行は件《くだん》の寮に入って行った。新之助は門に近付いた。錠はかかっていなかった。

藤次と忠太が奥の座敷に行くと、俊太郎とお京が後ろ手に縛られ、傍らにいる男が匕首《あいくち》をお京の首筋に突きつけていた。

「俊太郎、お京」

藤次が駆け寄ろうとすると、「動くな」と男が叫んだ。

「岩城さま。ご心配には及びません。どうぞこちらへ」

久右衛門が隣の部屋に呼んだ。

「縄をはずせ」

「お話がつきましたら、すぐお解き放ちいたします。さあ、こちらへ」

「だめだ。縛られている姿を見たら、落ち着いて話など出来ぬ」

「わかりました。縄をはずしましょう。その代わり、お腰のものを預からせていただきます。いかがですか」

「いいだろう」

迷ったが、藤次は大小を鞘《さや》ごと腰から抜き取った。若い男がひったくるようにとった。ふたりの縄が解かれた。

藤次は隣の部屋に入った。すぐに背後で襖《ふすま》が閉められ、俊太郎とお京の姿が視界から消えた。

「どうぞ、お座りください」

久右衛門は腰をおろした。少し離れて、藤次も座る。傍らで、忠太が震えている。

庭先に浪人たちがたむろしていた。

「前置きは抜きにしてざっくばらんにお話しいたしましょう。岩城さま。私はあなたの腕に惚《ほ》れております。私どもの仲間にお入りくださいませぬか。手当ては十分にお出しいたします。あのような長屋ではなく、ちゃんとした家も用意いたしましょう」

「その前に聞かせてもらおう。そなたたちの仲間は誰だ。浜尾という与力だけでは出来まい。もっと他にいるはずだ」

「まず、あなたさまの誤解を解いておきましょう。私どもは直接抜け荷には関わっておりませぬ。抜け荷をしているのは長崎にいる貿易商の平戸《ひらと》屋《や》清兵衛《せいべえ》。この清兵衛の下に長崎地役人や唐人屋敷の仲間がおります。私どもは、『平戸屋』から密輸品を仕入れているのです」

久右衛門は穏やかな口調で続けた。

「『平戸屋』の船は抜け荷の品を赤間関《あかまがせき》（下関《しものせき》）の蔵に運びます。私どもの蝦夷からの船が赤間関についたとき、荷を積み込み、蝦夷地の海産物とともに江戸の品川沖まで運んできます。それを『長崎屋』に卸し、各大名や豪商の旦那《だんな》衆にお売りしております」

「『長崎屋』の政五郎は何者なのだ？」

「平戸屋清兵衛の弟です」

「そういうことか」

「江戸でのことでは、浜尾さまがいるので心配はいりません。ただ、今回はちょっとした失敗をしました。まさか、いまのような話を、明け烏の伝七という男に聞かれていたとは……」

久右衛門は苦笑した。

「牢《ろう》に入った伝七を殺すために死神の蔦吉を雇ったのだな」

「はい。牢に入ってまで恐喝してくるのですから」

「伝七が死んでも、卯平という仲間が恐喝を続けたんだな」

「はい。やむなくここに誘い込んで殺し、死体を船で神田川の新し橋まで運んで捨てました」

「死神の蔦吉とはどういう手づるでつなぎをとったのだ?」

「それは言えませぬ。ここにいる者もそのことは知らぬこと。いかがですかな。私どもの仲間になることに損はございません」

何もかも話すのは藤次が仲間に入ることを前提にしているのだろうが、もし断ったら生かして返さないつもりだ。人質をとっているから強気なのだ。

「そうそう、申し遅れましたが、定町廻《まわ》り同心の稲瀬新之助さまもいずれ我らのお仲間になるはず」

「そうか。なにからなにまで手を打っているというわけか」

「はい」

久右衛門は勝ち誇ったように微笑んだ。

「断ると答えたらどうなるのだ?」

「すべてお話し申し上げたのですから仲間に入る以外に道はありませぬ。ただし、いったん仲間に入ったら裏切ることは出来ません。裏切ったら、あのふたりの命はないものと思っていただきましょう」

「わかった。返事をする前に、ふたりをここに連れて来てもらいたい」

「何をお考えで?」

「心配するな、ふたりの無事な姿を見たいだけだ。こっちは丸腰。何も出来はせぬ」

久右衛門は冷笑を浮かべ、

「いいでしょう。連れてきなさい」

と、襖の前に立っていた男に声をかけた。

男は黙って頷《うなず》き、襖を開けた。が、無言で立ちすくんでいる。

「どうした?」

久右衛門が訝《いぶか》しげにきく。

男があとずさった。ゆっくり刀の切っ先が現れた。

「何奴」

久右衛門が立ち上がった。

襖が開いた。

新之助だった。背後に、俊太郎とお京がいた。

「きさま」

「江差屋久右衛門、話はみな聞かせてもらったぜ」

藤次は立ち上がった。

「どうしてここに？」

「そんなことはあとだ」

新之助は厳しい声で言う。

「藤次さま、これを」

お京が藤次の差料を持って来た。隣の部屋で、お京と俊太郎を捕らえていた男が倒れていた。

庭にいた浪人たちがいっせいに部屋に駆け上がった。

藤次は大小を腰に差した。

「忠太、ふたりを頼む」

「へい」

「浪人たちは俺に任せろ。あんたは久右衛門を捕まえろ。奴は武術の心得がある。油断するな」

藤次は新之助に言った。

「わかっている」

新之助は久右衛門に迫る。

「俺がおまえたちの仲間になると思うか」

「やれ。構わぬ、みなやっちまえ」

あとずさって、久右衛門は叫び、体の向きを変えた。新之助が追おうとすると、浪人がいっせいに抜刀した。

藤次は浪人たちに飛び掛かった。浪人たちが両脇に散った間を抜けて、新之助は久右衛門のあとを追った。

「怪我をしたい奴はかかって参れ」

藤次は鋭く言い放った。

ひとりの大柄な浪人が上段から斬りつけた。藤次は素早く腰を落として踏み込み、相手の脾腹《ひばら》に刀の峰を打ち込む。うっと唸《うな》って浪人が倒れた。

横合いから斬りかかった細身の浪人の剣をすくい上げるようにして払い、よろけた浪人の肩を峰で叩《たた》いた。骨が砕けたような鈍い音がした。

例の髭面《ひげづら》の浪人は剣を構えたまま、立ちすくんでいた。

「刀を引け」

藤次が鋭い視線で射すくめると、髭面の浪人は剣を下ろした。

「旦那」

忠太の叫び声に顔を向けると、俊太郎とお京をかばいながら、忠太は左利きの男と組み合っていた。匕首《あいくち》を持つ相手の手首を摑《つか》んでいる。

藤次は駆け寄り、左利きの男に足払いを食わせた。派手に横転した。

その隙をとらえたように、髭面の浪人が背後から斬りつけてきた。藤次は体をかわしながら、振り向きざまに相手の小手に刀の峰を打ちつけた。

ぎぇえという奇妙な呻《うめ》き声とともに髭面の浪人は手首を押さえてのたうちまわった。

新之助を見ると、ふたりの浪人を倒し、久右衛門を庭の樹に追い詰めていた。藤次は庭に下りた。

「久右衛門。もうじたばたしても無駄だ」

藤次が迫った。

久右衛門は藤次と新之助の顔を睨《にら》み付けていたが、やがて膝《ひざ》を屈した。

数日後の夕方、藤次は俊太郎に剣術の稽古《けいこ》をつけ終えた。

「よし、これまで」

いつものように終わりを告げると、俊太郎はへなへなとなった。お京が俊太郎を抱き抱えるようにして長屋に帰った。

藤次も長屋に戻った。

俊太郎が、お京さんもいっしょにというので、三人で夕餉《ゆうげ》をとった。

俊太郎はお京のことを母親のように思っているのだろう。そう思ったとき、忠太の言葉が矢のように胸に突き刺さった。

忠太はふた親が本能的に実の親ではないとわかっていたという。それでも、ほんとうの子どものように振る舞ってきた。俊太郎はどうなのか。

まさか、俊太郎も気づきながら、実の子を演じているのだろうか。

厳しい藤次の言いつけに逆らわないのは、実の子ではないからか。わからない。

腰高障子が開いて、新之助が顔を覗《のぞ》かせた。

「外で待っている」

新之助はそう言い、戸を閉めた。

食事が終わり、藤次は外に出た。

路地に新之助の姿はなかった。稲荷《いなり》社のほうに向かう。

さやかな月影に向かって、新之助が立っていた。

「月見のつもりか」

藤次は新之助の背中に声をかけた。

「いい月だ」

「物思いに耽《ふけ》っているなんて似合わん」

上役の浜尾弥一兵衛を追い込んだことに心が疼《うず》いているのか。

「用はなんだ？」

藤次は突き放すようにきいた。

「冷たいな」

新之助は振り向いた。

「これ、手当てだ」

新之助が懐紙に包んだものを差し出した。

「いらぬ。途中でそなたとは縁が切れている」

「だが、そなたは最後までやり遂げたのだ。意地を張るな。俊太郎に金がかかるんだろう。遠慮せず、とっておけ」

橋場の一件以来、はじめて顔を合わせたのだ。

「では、半分だけもらっておこう」

「いや、これで半分だ。受け取れ」

一瞬ためらってから、藤次は手を伸ばした。三両ぐらいありそうだ。

ふんと笑ってから、新之助は続けた。

「浜尾さまがすべて白状した。長崎のほうも、政五郎の自白から貿易商の平戸屋清兵衛らの悪事が明らかになり、長崎奉行の手で抜け荷に関わった者たちは一網打尽になるはずだ」

「浜尾どのに確かめてもらいたいことがある。死神の蔦吉とのつなぎをどうやってとっていたのか。それを聞き出して欲しい」

「死神の蔦吉のことが気になるのか」

「うむ。死闘を演じた相手のせいだろう」

蔦吉は殺しを引き受けるにあたり、たくさんの報酬を得ていたはずだ。その金はどこにあるのか。誰かが預かっているような気がする。だとしたら、蔦吉とはどういう間柄の者なのか。

「わかった。聞き出しておく」

新之助は請け合った。

「なぜ、最後まで浜尾どのを守らなかったのだ?」

藤次はきいた。

「久右衛門が言っていただろう。浜尾さまは俺を仲間に引き入れようとした。そのことに反発を覚えた。それで、そなたに会いに長屋に行ったら、俊太郎とお京さんが駕《か》籠《ご》でどこかへ行くところだった。不審に思ってあとをつけたというわけだ」

「そうか。いずれにしろ、そなたのおかげで助かった」

「ほう、そなたが礼を言ったか。また、何かあったら頼む」

「断る。俺に同心の手助けなど似合わん。悪いが、もうそんな話は持ってこないでもらいたい」

「わかった。そうしよう」

新之助は答えてから、

「さっきの夕餉の光景はどう見たって家族だ。早く、そうなれ」

と、笑った。

「よけいなお世話だ。そなたこそ、後家などにうつつを抜かさず妻女を大切にすることだ」

「それも、よけいなお世話だ。今宵《こよい》、そなたとじっくり酒を酌み交わしたい気分だったが無理のようだ。邪魔した」

去って行く新之助の後ろ姿は寂しそうだった。やはり、浜尾弥一兵衛のことがこたえているのだろう。

気がつくと、藤次は新之助に追いついていた。

「つきあおう」

ふんと鼻で笑ったが、新之助の表情は綻《ほころ》んでいた。

終章

桜の花びらが舞っていた。愛宕下の上屋敷を出て、工藤周一郎はきょうも左源太を探しに江戸の町を歩き回っていた。

大伝馬町にやって来たとき、『松葉屋』という口入れ屋を見つけた。周一郎はためらわず暖簾《のれん》をくぐった。

帳場格子の向こうにたぬきのような体つきの亭主が座っていた。

「客ではない。じつはひとを探している。小谷左源太という浪人だ」

「あいにくでございます。そのようなお名前のご浪人とは取引はございません」

「偽名を使っているかもしれぬ。歳は二十八、背は高く、痩《や》せて見えるが肩幅は広く……」

亭主が首を横に振ったので、周一郎は諦《あきら》めた。

「邪魔した」

愛宕権現で再会したとき、友江の思いを伝えた。だが、左源太の心には届かなかった。

友江にとって、子持ち男の後添いになることが仕合わせなのか、浪人ではあるが、好きな男といっしょになることが仕合わせなのか。

ただ、左源太は九年という歳月が必要だと言った。その理由を言おうとしなかったが、何か秘密を抱えているらしいことはわかった。

周一郎は両国広小路《ひろこうじ》にやって来た。小屋掛けの芝居、軽業、楊弓場《ようきゅう》などの前におおぜいのひとがたむろしている。大道芸の浪人がいたが、左源太ではなかった。

夕暮れてきた。両国橋を渡って本所方面に行くには時間がなかった。もう、屋敷に戻らねばならない。今夜、殿の御前に呼ばれているのだ。

周一郎は引き返した。浜町堀にかかる小川橋を渡る。難波町という町に入った。そのとき、前方の四つ辻《つじ》を左源太らしい浪人が横切った。

周一郎はあわてて四つ辻まで駆けた。浪人が去ったほうに目をやる。浪人の後ろ姿は左源太に似ていた。だが、横に六歳ぐらいの男の子がいた。

父子《おやこ》のようだ。左源太に子どもがいるはずはない。ひと違いだと思った。

浪人父子のことを忘れ、周一郎は上屋敷に急いだ。殿の用とは何か。あと二ヶ月で、国表に帰る。その前に、江戸で何かをやっておこうとしているのか。

藤次は立ち止まって振り返った。いま、四つ辻に立っていたのは工藤周一郎ではなかったか。しかし、周一郎だったら、追いかけて来たはずだ。いずれにしろ、いまは周一郎と顔を合わせたくなかった。

「父上、どうかなさいましたか」

俊太郎が訝《いぶか》しげにきいた。

「いや。なんでもない」

再び、歩きだした。

「俊太郎。どうだ、楽しかったか」

「はい。とても」

浅草の観音様まで行って来た帰りだ。奥山の賑《にぎ》わいに、俊太郎は目を丸くしていた。

「さあ、これから、また剣術の稽古《けいこ》だ」

「はい」

俊太郎は元気よく応じた。

きょうぐらい休ませてあげたらいかがですか。そういうお京の声が聞こえてきそうだった。

本書は書き下ろしです。

江戸《えど》裏《うら》御《ご》用帳《ようちよう》

浪人《ろうにん》・岩城《いわき》藤次《とうじ》（一）

小杉《こすぎ》健治《けんじ》

平成25年 12月25日　初版発行
平成26年 11月 5 日　4 版発行

発行者●堀内大示

発行所●株式会社KADOKAWA
〒102-8177　東京都千代田区富士見2-13-3
電話　03-3238-8521（営業）
http://www.kadokawa.co.jp/

編集●角川書店
〒102-8078　東京都千代田区富士見1-8-19
電話　03-3238-8555（編集部）

角川文庫 18302

印刷所●株式会社暁印刷　製本所●株式会社ビルディング・ブックセンター

表紙画●和田三造

ISBN978-4-04-101139-3　C0193

角川文庫発刊に際して

角川源義

第二次世界大戦の敗北は、軍事力の敗北であった以上に、私たちの若い文化力の敗退であった。私たちの文化が戦争に対して如何に無力であり、単なるあだ花に過ぎなかったかを、私たちは身を以て体験し痛感した。西洋近代文化の摂取にとって、明治以後八十年の歳月は決して短かすぎたとは言えない。にもかかわらず、近代文化の伝統を確立し、自由な批判と柔軟な良識に富む文化層として自らを形成することに私たちは失敗して来た。そしてこれは、各層への文化の普及滲透を任務とする出版人の責任でもあった。

一九四五年以来、私たちは再び振出しに戻り、第一歩から踏み出すことを余儀なくされた。これは大きな不幸ではあるが、反面、これまでの混沌・未熟・歪曲の中にあった我が国の文化に秩序と確たる基礎を齎らすためには絶好の機会でもある。角川書店は、このような祖国の文化的危機にあたり、微力をも顧みず再建の礎石たるべき抱負と決意とをもって出発したが、ここに創立以来の念願を果すべく角川文庫を発刊する。これまで刊行されたあらゆる全集叢書文庫類の長所と短所とを検討し、古今東西の不朽の典籍を、良心的編集のもとに、廉価に、そして書架にふさわしい美本として、多くのひとびとに提供しようとする。しかし私たちは徒らに百科全書的な知識のジレッタントを作ることを目的とせず、あくまで祖国の文化に秩序と再建への道を示し、この文庫を角川書店の栄ある事業として、今後永久に継続発展せしめ、学芸と教養との殿堂として大成せんことを期したい。多くの読書子の愛情ある忠言と支持とによって、この希望と抱負とを完遂せしめられんことを願う。

一九四九年五月三日